16세기 여성문인
송덕봉

송재용(宋宰鏞)

박문사

목차

서문

송덕봉(宋德峯)은 선조(宣祖) 때의 대표적인 학자였던 미암(眉巖) 유희춘(柳希春)의 부인이다. 덕봉(德峯)은 그녀의 호(號)이며. 이름은 종개(鍾介)이다. 이 책 『16세기 여성문인 송덕봉』은 필자의 박사학위논문('『미암일기(眉巖日記)』 연구') 준비과정의 산물이다. 필자는 『미암일기』를 읽다가 유희춘의 부인 송덕봉이 시문(詩文)에 뛰어남을 알게 되었다. 그래서 조선시대 여성문인들에 대해 조사를 해보니 학계에 아직 본격적인 논문으로 소개된 바가 없었다. 박사학위 취득 후, 1997년 학계에 처음으로 논문을 발표하였다.

송덕봉은 조선시대 대표적인 여성문인일 뿐만 아니라 사대부가(士大夫家) 출신 여성시인의 시발점에 있는 인물이다. 그런바 송덕봉은 우리 여성문학사・한시사(漢詩史)에서 주목할 필요가 있다. 필자가 발굴하여 학계에 소개하였을 때는 송덕봉은 유희춘의 부인으로 시 작품 몇 편이 전해지고 있다는 정도만 연구자들(한시 전공자 일부)은 알고 있었다. 다행히 지금은 송덕봉에 대한 연구가 비교적 많이 이루어진 편이다. 그렇지만 종합적이고 체계적인 심층적 연구는 이루어지지 않았다. 뿐만 아니라 송덕봉의 여성문학사・한시사적 위치와 평가도 새롭게 정립할 필요가 있다.

그러한 과정의 일환으로 필자는 그동안 발표했던 송덕봉 관련 논문들을 참고하여 항목별로 정리, 수정 보완하면서 체계화하는 한편, 미리 정리해 두었던 미발표 논문들 2편(『송덕봉의 자손교육』, 『송덕봉과 허난설헌의 시를 통해 본 삶의 모습 일고찰』)과 한시와 산문 관련 자료들을 국역하고 원문과 함께 부록편에 실어 이 방면 연구자들이 참고할 수 있도록 하였다.

그러므로 이 책은 조선시대 대표적인 여성문인 송덕봉을 이해 연구하는데 꼭 필요한 연구서이면서 자료집이라 하겠다.

끝으로 출판을 흔쾌히 수락해 준 도서출판 박문사 사장님과 관계자 여러분에게도 감사의 마음을 전한다.

2021년 8월

죽전캠퍼스 연구실에서 청호(靑澔) 송재용 씀

Ⅰ

머리말

우리 고전문학의 경우, 여성문인들에 대한 연구는 그리 활발하지 못한 실정이다. 그리고 여성문인들에 대한 기존의 연구도 주로 황진이・이매창・이옥봉・허난설헌 등 일부 여성문인들의 시조나 한시 등에 초점을 맞춘 논의였다. 특히 정실 신분의 여성문인들의 문학에 대한 연구는 허난설헌 등 극히 일부를 제외하고는 매우 미진한 실정이다. 따라서 우리 고전문학사와 여성문학사를 심화・확충시키기 위해서는 여성문인들의 문학세계를 심도 있게 규명할 필요가 있다.

그러므로 필자는 16세기의 대표적인 여성문인이자, 조선시대의 대표적인 여성문인의 한 사람인 송덕봉(宋德峯. 1521~1578)의 삶과 문학세계 등을 구명하려고 한다. 특히 조선시대의 여성문학사를 이해하기 위해서는 그 시발점이라 할 수 있는 송덕봉 문학에 대한 연구는 반드시 필요하다. 여기에 연구의 주목적을 둔다.

송덕봉에 대한 본격적인 연구는 필자[1]에 의해 비롯되었다. 필자는 1997년 송덕봉을 학계에 처음으로 소개하는 한편, 그녀의 생애와 문학(특히 생애와 한시)에 대하여 비교적 충실하게 구명한 바가 있다. 그러나 산문에 대한 논의는 소개 수준 정도였고, 한시도 나름대로 심도 있게 다루었지만 생애와 연관시킨 논의라 다소 아쉬운 점이 있었다. 이후 몇몇 연구자들에 의해 송덕봉의 삶 또는 문학(주로 한시) 등에 대한 밀도 있는 연구가 이루어졌다.[2] 그러나 송덕봉의 문학에 대한 연구, 특히 한시와 산문에 대한 체계적이고 종합적 연구는 미흡하다.

그러므로 본고는 송덕봉을 종합적으로 심도 있게 논의하기 위하여 먼저 생애를 살펴본 후, 문학세계를 문학적 배경, 한시와 산문 순으로 고찰할 것이다. 이를 통해 송덕봉 삶과 문학의 실상이 규명될 것이다.

이상의 논의를 통해 송덕봉의 여성문학사, 특히 한시사적 위치도 분명하게 밝혀질 것이다.[3]

Ⅱ

생애

송덕봉(宋德峯. 1521년~1578년)의 휘(諱)는 종개(鍾介),[4] 자(字)는 성중(成仲), 호(號)는 덕봉(德峯)이다.[5] '덕봉'이란 호는 송덕봉이 미암(眉巖) 유희춘(柳希春)과 혼인 후, 시가(媤家)인 해남(海南)에서 고향인 담양군(潭陽郡) 대덕면(大德面) 장산리(章山里. 당시 지명〈地名〉 대곡〈 大谷〉)로 이주(移住)하였는데, 덕봉(德峯)아래에서 살았기 때문에 자호(自號)로 삼았던 듯하다. 그리고 그녀의 관향(貫鄕)은 홍주(洪州)이다.

홍주 송씨는 본래 여산(礪山) 송씨였으나 분적하였다. 그녀의 가계를 간단히 살펴보면, 조부 송기손(宋麒孫)은 성종(成宗) 때 생원시(生員試)에 합격하고 음사(蔭仕)로 사헌부감찰(司憲府監察), 구례(求禮)・남평현감(南平縣監) 등을 역임하였으며, 4男 2女를 두었다.

부친 송준(宋駿)은 중종(中宗) 2년(1507년) 생원시에 합격하고 음사(蔭仕)로 사헌부감찰과 단성현감(丹城縣監) 등을 역임하였다. 송준은 송기손의 장남으로, 연산군(燕山君) 때 대사간(大司諫)・우승지(右承旨)・전라감사(全羅監司)・대사헌(大司憲)・예조판서(禮曹判書) 등을 역임한 이인형(李仁亨)의 딸과 혼인하여 3男 2女를 두었다.[6] 홍주 송씨는 명문거족은 아니었지만, 호남지역에 근거를 둔 사림파 가문이었다고 하겠다. 그러면 송덕봉의 생애에 대해 살펴보기로 하자.

송덕봉은 1521년(중종 16년) 12월 20일 담양에서 부친 송준과 모친 함안(咸安) 이씨(李氏)의 둘째딸로 태어났다.[7] 어려서부터 자질과 성품이 명민하였던 송덕봉은, 성장하면서 학문과 문학에 관심을 갖고 열심히 공부를 하였다. 그리하여 그녀는 서사(書史)를 섭렵하여 경사(經史)에 통달한 여사(女士)가 되었다.[8] 뿐만 아니라 그녀는 시(詩)・문(文)에도 뛰어났다. 그런데 홍주(洪州) 송문(宋門)은 당시 여성교육에 대해 대부분 부정적이었던 다른 가문과는 달리, 여자들에게도 경사(經史)나 시・문 작법(作法) 교육을 시켰던 것으로 짐작된다. 이 때문인 듯, 홍주 송문의 여자들은 특히 한시에 능했다. 그것은 송덕봉 뿐만 아니라, 그녀의 재종손녀(再從孫女)였던 권필(權韠)의 부인 송씨(宋氏) 역시 한시에 조예가 있었던바, 이를 보아서도 짐작할 수 있다.

송덕봉은 경사(經史)와 시・문 연마에 더욱 힘쓰는 한편, 부도(婦道)를 열심히 닦았다. 그러던 중 16세 때(1536년, 중종 31년), 선산(善山) 유씨(柳氏) 가문과 혼담이 오가게 된다.[9] 마침내 그녀는 이해 겨울 12월 11일, 당시 호남에서 학문과 문학으로 이름을 날렸던 8살 연상인 미암 유희춘과 혼인하게 된다.[10] 혼인날 그녀의 친정아버지는 사위가 '금슬백년(琴瑟百年)'의 시구(詩句)를 짓자, 어진 사위를 얻었다고 매우 좋아하였다.[11] 이후, 두 사람은 금슬 좋은 부부로 평생 동안 희로애락을 함께 하게 된다.

18세 되는 해(1538년) 가을, 송덕봉은 남편 유희춘이 문과(文科) 별시(別試)에 병과(丙科로) 급제하게 되자,[12] 그 기쁨 이루 말할 수 없었다. 뿐만 아니라 그 다음 해(19세, 1539년) 2월 6일, 아들 경렴(景濂)을 낳자,[13] 그 기쁨은 말로 표현할 수 없었다. 얼마 후, 그녀는 한양에서 벼슬살이를 하는 남편을 뒷바라지하기 위해 시어머니 탐진(耽津) 최씨(崔氏)를 모시고 상경하였다. 그러나 원래 생활형편도 어려운데다, 한양에 집도 없는 처지인지라 남의 집을 빌려 살았다. 23세 때(1543년), 홍문관수찬(弘文館修撰)이었던 유희춘이 어머니를 모시고 고향에 내려가 정성껏 봉양하기 위해 사직을 청하였다. 이에 중종은 유희춘의 뜻을 헤아려 특명으로 무장현감(茂長縣監)을 제수하였다.[14] 그녀는 남편 유희춘과 함께 시어머니를 모시고 무장으로 내려가 정성껏 봉양하였다.

송덕봉이 24세 되는 1544년 11월, 중종이 승하(昇遐)하고 인종(仁宗)이 즉위하였다. 그리고 그 이듬 해(1545년) 유희춘과 서로 마음이 맞아 가깝게 지내던 전라감사 송인수(宋麟壽)가 대사헌에 임명되자, 그의 천거로 유희춘은 홍문관 수찬에 임명된다.[15] 이로 인해 유희춘은 다시 한양으로 올라가게 된다. 이 해 7월 인종이 승하하고, 명종(明宗)이 어린 나이에 즉위하자, 문정왕후(文定王后)가 수렴청정을 하게 된다. 동년(同年) 8월 21일, 문정왕후가 윤원형(尹元衡)에게 윤임(尹任)·유근(柳灌)·유인숙(柳仁淑)을 치죄(治罪)하라는 밀지를 내리자, 유희춘은 동료들과 함께 처벌을 반대하고 밀지의 부당함에 대하여 논박을 하였다.[16] 이로 인해 유희춘을 비롯한 백인걸(白仁傑)·송희규(宋希奎)·김난상(金鸞祥)·민기문(閔起文) 등 사림파 관료들은 파직을 당한다.[17] 파직을 당한 유희춘은 담양의 대곡리로 내려온다. 그러나 그녀가 고향에서 남편과 함께 지내던 기간도 약 2년뿐이었다.

송덕봉이 27세 되는 해(1547년) 9월, 부제학(副提學) 정언각(鄭彦慤) 등이 일으킨 양재역(良才驛) 벽서사건(壁書事件)에 유희춘은 무고하게 연루되어 제주(濟州)로 절도안치(絶島安置)된다.[18] 이 때 유희춘을 사지(死地)로 보내려고 했던 자들에 의해 제주는 고향에 가깝다 하여 유배지를 다시 종성(鍾城)으로 옮기게 된다.[19] 남편의 유배, 이는 그녀에게 엄청난 충격이었다. 그러나 송덕봉은 슬퍼하지 않았다. 오히려 충절을 고수하다 귀양간 남편 유희춘을 자랑스럽게 여겼다. 그렇지만 삭막하고 황량한 북방의 종성에서 유배생활을 하는 몸 약한 남편에 대한 걱정과 그리움, 그리고 생활형편도 어려운데다 홀로 어린 자식을 키우고 시어머니를 봉양해야 하는 그녀의 심정은 이루 말할 수 없었다. 그러나 송덕봉은 결코 좌절하거나 법도에 어긋나는 행동을 하지 않았다. 그녀는 어려운 집안 살림을 손수 꾸려나가는 한편, 지극 정성으로 시어머니를 봉양하였다. 이러한 며느리의 효심에 감동한 시어머니는 유배지에 있는 아들에게 편지를 보내 며느리를 칭찬하였다.[20]

한편, 곤궁한 생활을 하고 있던 송덕봉은, 이를 안타깝게 여긴 남편 유희춘의 친구나 친지들에게 경제적 도움을 종종 받기도 하였다.[21]

1558년(38세) 2월 11일, 송덕봉은 시모상(媤母喪)을 당한다.[22] 북방의 황폐한 땅에서 유배생활을 하는 자식과 남편을 그리워하며 근심・걱정 속에서도 서로 힘이 되어 주었던 두 사람이었다. 그런데 자신을 아끼고 사랑해 주시던 시어머니의 별세는 그녀에게 큰 슬픔과 충격을 주었다. 더구나 남편 유희춘은 유배생활을 하는 죄인의 몸인지라 올 수도 없는 처지였다. 남편은 만 리 밖 유배지에 있고, 사방에 돌봐주는 사람도 없는 상황이었지만, 그녀는 지성을 다해 예(禮)에 따라 장례를 치루는 한편, 남에게 결코 부끄럽지 않게 행동하였다. 그래서 주위 사람들은 그녀의 지극한 효심과 예법에 따른 장례절차를 보고, '친아들이라도 이와 같이 할 수 없다.'라고 말하며 칭송하였다. 뿐만 아니라 그녀는 시어머니의 삼년상을 예법에 따라 치렀다.[23] 여기서 효부 송덕봉의 일면을 엿볼 수 있다.

송덕봉은 시어머니의 삼 년 상을 마친 후(1560년, 40세), 남편을 뒷바라지하기 위해 단신으로 유배지 종성으로 찾아갔다. 그녀는 종성으로 가는 도중 다음과 같은 시를 지었다.

> 行行遂至磨天嶺　가고 또 가서 드디어 마천령에 이르니
> 東海無涯鏡面平　동해는 끝이 없어 거울처럼 평평하네.
> 萬里婦人何事到　부인이 만 리 길을 무슨 일로 왔는고.
> 三從義重一身輕　삼종 도리 무겁고 한 몸은 가볍구나.
>
> 〈磨天嶺上吟〉[24]

위의 시에서 부도(婦道)의 모범을 보이고 있는 송덕봉의 진면목을 엿볼 수 있다. 이 시는 후일 회자(膾炙)되어 높이 평가받았다.

그러나 종성에 도착한 송덕봉은 오는 도중 찬바람을 많이 맞아 병이 생겨 이후, 10여 년 동안 풍한(風汗)으로 고생한다.[25] 그럼에도 그녀는 교육과 저술, 그리고 성리학 연구에 전념하는 남편을 뒷바라지하는 한편, 틈틈이 성리학 공부와 시작(詩作)을 했던 것으로 보인다. 그녀가 이처럼 성리학 연구와 시작(詩作)을 할 수 있었던 것은 사랑하는 남편과의 학문적 · 문학적 교감 때문인 듯하다.

한편, 송덕봉은 삭막한 유배지 종성에서 남편과 함께 생활하면서 느끼는 고독과 불안감 때문인 듯 이후, 별세할 때까지 잦은 꿈을 꾸게 된다. 그리고 그녀의 몽사(夢事)는 단순한 꿈이 아니라 생활의 일부였다. 따라서 그녀가 꾼 꿈은 대부분 현실생활과 직결되어 있었다. 그 중 부부관계 · 남편과 자신의 건강 · 남편의 관직 · 가족(특히 자식) 등에 대한 꿈이 주류를 이루고 있다. 특히 그녀는 자신이 꾼 꿈이나 남편이 꾼 꿈에 대해 자기 나름의 해몽을 통해 길흉을 점치기도 하였는데, 그 해몽도 비교적 잘 맞았다.[26] 그리고 그녀가 꾼 꿈은 대부분 길몽이었고, 흉몽은 극소수에 불과하다.

1565년(45세) 문정왕후가 죽고, 이어 윤원형(尹元衡)이 축출되자 을사(乙巳) · 정미년(丁未年) 피죄인(被罪人)들에 대한 신설(伸雪)이 제기된다. 이때 유희춘은 은진으로 중도(中道) 양이(量移)된다.[27] 그녀 또한 남편을 따라 은진으로 갔다.

송덕봉이 47세 되는 해(1567, 宣祖 卽位年) 10월 12일, 마침내 남편이 21년간(종성 19년, 은진 2년)의 길고도 고통스러웠던 유배생활에서 해배·복관(經筵官兼成均館 直講)되자,[28] 그녀의 기쁨은 이루 말할 수 없었다. 그러나 두 사람은 얼마동안 헤어져 있어야만 했다. 유희춘은 왕명을 받고 한양으로, 송덕봉은 본가의 살림살이와 집안 대소사를 위해 담양으로 내려가야 했기 때문이다. 그녀는 오랜만에 대곡리 집으로 돌아와 기뻤지만, 멀리 떨어져 있는 남편 생각에 마음이 편치 못했다. 그렇지만 그녀는 너무나도 해야 할 일이 많았다. 본가의 경제적 형편은 물론이거니와 집안 대소사와 가족과 친척들까지 신경을 써야만 했다. 그나마 다행인 것은 남편이 재사환(再仕宦)되자, 목민관들과 친구나 친지들이 많은 도움을 주었다.[29] 비록 생활형편이 전보다 조금 나아지기는 했지만, 빈궁함은 여전하였다. 그래서 그녀는 재산증식에 신경을 쓰기 시작했다.[30] 이 해 11월 25일, 남편이 선영에 성묘를 하기 위해 휴가를 얻어 대곡리 집으로 내려 왔다. 한 달여 만에 다시 만난 두 사람은 너무 기뻤다.[31] 그러나 송덕봉은 남편 유희춘이 피로한 기색을 보이자, 그의 건강을 염려하여 한양으로 빨리 올라가는 것을 걱정했다.[32]

그 다음 해(48세, 1568) 1월 11일, 유희춘이 홍문관 응교를 제수 받고 상경하자, 다시 떨어져 있게 된다. 그녀는 퇴락하다시피한 집을 개축하는 한편, 남편의 옷을 만드는 등 많은 고생을 하였다.[33] 유희춘은 이렇게 고생하는 아내 송덕봉을 미안하게 생각하였다.[34] 이 해 9월 8일, 송덕봉은 남편을 뒷바라지하기 위해 아들・손자, 그리고 딸・사위와 함께 한양으로 올라왔다. 이때 유희춘은 아내를 맞이하기 위해 한강까지 나왔다.[35)]

한양에서 남의 집을 빌려 남편과 함께 생활을 하고 있던 송덕봉은, 1569년(49세) 6월 20일 풍기(風氣)로 앓아눕게 된다.[36] 이 때 그녀는 딸이 어머니의 쾌차를 위해 무녀(巫女)를 부르려 하자 단호히 반대했다.[37] 이처럼 그녀는 무속에 대해 비판적이었다. 그렇지만 경사(經史)에 통달했는바, 작괘점(作卦占)에 대해서는 호의적인 입장이었으며 조예도 깊었다.[38] 그녀는 이 해 9월 17일, 다리 때문에 또 고통을 당한다.[39]

한편, 이 해 9월 1일, 유희춘이 승지로 있으면서 6일 동안 집에 가지 못하자,[40] 집에 있는 송덕봉에게 모주(母酒) 한 동이와 시 한 수를 지어 보냈다.[41] 그는 객지인 한양에서 자신을 뒷바라지하는 부인에게 할 말이 없었다. 더구나 며칠 동안 부인 혼자 있었으니 방은 더욱 추울 수밖에 없었을 것이다. 그래서 유희춘은 자신 때문에 평생 고생만 하는 아내에게 미안함과 함께 사랑의 뜻이 담긴 시 한 수를 지어 보냈던 것이다.

雪下風增冷　눈 내리고 바람 더욱 차가우니

思君坐冷房　냉방에 앉아있는 임이 절로 생각나오.

此醪雖品下　이 술이 비록 下品이긴 하지만
亦足煖寒腸　당신의 언속을 덥히기엔 족하겠지요.[42]

남편의 시를 받아 본 송덕봉은, 다음 날 차가운 날씨에 은대(銀臺)에서 입직(入直)하고 있는 남편의 건강을 걱정하는 한편, 술을 보내준 남편에게 고마움을 시로써 표현하였다.

菊葉雖飛雪　국화잎에 비록 눈발은 날리오나
銀臺有煖房　銀臺엔 따뜻한 방이 있겠지요.
寒堂溫酒受　차가운 방에서 따뜻한 술을 받아
多謝感充腸　창자를 채우니 그 고마움 그지없어라.[43]

위의 시들에서 두 사람의 부부애를 엿보게 해준다. 이처럼 두 사람은 시작(詩作)을 통해 부부지정(夫婦之情)을 돈독히 했다. 뿐만 아니라 두 사람은 일상생활에서 있었던 일을 시로써 수창하여 서로 교감하였다.[44] 두 사람은 금슬 좋은 부부였으며, 시우(詩友)・지기(知己)였다.

송덕봉은 이 해 가을, 태묘(太廟)에서 제사 지내러 가는 선조(宣祖)의 천안(天顏)과 어가행렬을 구경하기도 하였다.[45] 9월 17일, 송덕봉은 유희춘이 선산(先山)에 사토(莎土)를 하기 위해 휴가를 얻자, 그와 함께 대곡리 집으로 내려갔다.[46] 대곡리 집으로 돌아온 그녀는 한때 친정일로 속상하기도 하였으나,[47] 친정 식구들과 서로 화목하게 지내려고 노려하였다.[48] 그리고 11월 6일, 마침내 대곡리 본가를 헐고 새 집을 짓게 되었다.[49] 유희춘과 송덕봉 두 사람의 염원이 이루어지게 된 것이다. 11월 18일, 선산 사토(先山莎土)를 위해 해남(海南)에 머물고 있던 유희춘은, 홍문관 부제학에 임명되어[50] 혼자 상경했다. 이 때 송덕봉은 새 집 짓는 것을 감독하기 위해 담양에 머물러 있어야만 했다.

다음 해(50세, 1570) 6월 12일, 한양에 있던 남편이 몇 달 동안 독숙(獨宿)한 것을 자랑하는 편지를 보내자, 그녀는 시모상(媤母喪)을 당해 예(禮)에 따라 장례를 치루고 삼년상(三年喪)을 마친 후, 단신으로 종성 유배지로 갔던 일을[51] 상기시키면서 몇 달 동안 독숙한 것과 비교할 때 어느 것이 중(重)하고 경(輕)한지를 논했다. 그리고 남편이 건강에 유념하기를 염원하였다. 이에 유희춘도 아내의 말과 뜻이 남편을 사랑하는 마음에서 비롯된 것임을 알고, 아내의 도량에 탄복하였다.[52] 이처럼 유희춘은 사랑하는 아내 송덕봉의 조언을 대부분 고맙게 받아들였다. 11월 25일, 송덕봉은 남편이 선영가토(先塋加土)를 위해 사직하고 담양으로 내려오자 기뻤다. 그러나 그녀는 남편이 늦게 왔다고 원망을 했다.[53] 이는 사랑하는 임을 빨리 보고 싶은 마음에서 비롯된 것이라 하겠다.

1571년(51세) 7월, 송덕봉은 유희춘이 전라감사로 있을 때,

친정아버지의 묘에 비석을 세워줄 것을 청하였다. 친정식구들의 생활형편이 넉넉하지 못했기 때문에 부탁을 했던 것이다. 그러나 남편은 관아에서 도와주는 것은 사적인 일로 폐단인 바, 개인 비용으로 추진하기를 원했다. 이에 그녀는 친정아버지의 '비석을 세워 달라'는 유언을 따르고자 남편에게 다시 한 번 간곡히 부탁하였다. 후일 남편은 이를 허락한다.[54] 여기서 송덕봉의 효심을 엿볼 수 있다. 이 해 10월 26일, 송덕봉은 새로 지은 집에서 살게 되었다.[55] 그녀의 소망이 이루어진 것이다.

1572년(52세) 한양에서 남편 뒷바라지를 하고 있던 송덕봉은, 틈틈이 시간을 내어 민속놀이 등을 구경하였다.[56] 그리고 선조(宣祖)가 남편에게 하사한 배를 맛보기도 하였다.[57] 특히 그녀는 아들이 남편의 육순 잔치를 차려주는 것을 보고 매우 즐거워하였다.[58] 한편, 두 사람의 부부애는 변함이 없었을 뿐만 아니라, 나이를 먹을수록 더욱 더 돈독하였다.[59] 이들 부부는 가난이나 질병, 고통 등 그 어떤 것들도 사랑으로 극복할 수 있었다.

53세 되는 해(1573) 2월, 사위가 선전관(宣傳官)에 임명되어 한양으로 올라오자, 유희춘과 송덕봉은 매우 기뻐하였다.[60] 특히 송덕봉의 자식 사랑은 각별하였다. 한편, 이 해 8월, 그녀는 살고 있던 집을 집주인이 비워달라고 하자, 거처할 집을 구하지 못해 걱정이 태산 같았다. 다행스럽게도 집주인이 다음 해 집으로 들어오겠다고 통보해오자, 그녀는 한시름을 놓게 되었다.[61] 이들 부부의 어려운 생활형편을 넉넉히 짐작할 수 있다. 이처럼 가난했음에도 불구하고, 그녀는 시제(時祭)나 기일제(忌日祭) 준비에 정성을 다하였다.[62]

그 다음 해(54세, 1574) 4월, 송덕봉은 남편 유희춘에게 귀향할 것을 종용하였다.[63] 그녀는 남편에게 관직을 사직하고 귀향할 것을 그동안 수차례 권유한 적이 있었다.[64] 그녀는 남편의 나이와 건강, 고향에 대한 그리움, 그리고 전원에서 남편과 함께 유유자적한 생활을 하고 싶어 귀향하기를 원했던 것이다. 이 해 5월, 송덕봉은 남편의 서책을 정리하였다.[65] 그녀는 서책정리를 자주 했던 관계로 장성한 손자에게 그 방법을 가르쳐 주기도 하였다.[66] 이처럼 송덕봉은 남편의 학문연구와 저술활동을 물심양면으로 돕는 한편, 학문적으로도 도움을 주었다.[67] 특히 그녀는 남편이 손자를 가르칠 때, 서책의 선정이 잘못되었음을 지적한 일도 있었다. 이 때 유희춘은 아내의 말이 옳다는 것을 깨닫고, 이를 시정하였다.[68] 이처럼 경사(經史)와 시문(詩文)에 능했던 송덕봉은 자손교육에도 관심이 많았을 뿐만 아니라 남편과 더불어 자손교육에 깊이 관여하였음을 알 수 있다. 이는 남편 유희춘의 아내에 대한 사랑과 이해, 특히 학문적 식견 등을 인정하였기 때문에 가능했던 것으로 보인다.

이 해 9월 9일, 이 날은 중양가절(重陽佳節)이었다. 송덕봉은 남편이 퇴청해 집으로 돌아오자, 화목한 가정을 위해 아들・사위・딸 등을 불러 주연을 베풀고, 노비들에게 해금(奚琴)을 연주하게 했다. 이 자리에서 송덕봉・유희춘・아들・사위는 시로써 수창하며 서로 즐거워하였다. 이로써 보건대, 송덕봉과 그의 가족들은 예술에도 많은 관심을 가지고 있을 뿐만 아니라, 특히 시를 생활의 일부로 여겼음을 알 수 있다.[69)]

1575년(55세), 송덕봉은 이조참판으로 있던 남편이 휴가를 얻자, 함께 담양으로 내려왔다. 이 때 그녀는 사랑하는 며느리가 나이를 먹을수록 정신이 혼미해지는 것을 보고 안타까워했다. 며느리의 친정아버지는 남편의 가장 절친했던 친구요, 동문인 김인후(金麟厚)였다. 예쁘고 온순한 며느리가 전에는 의복을 더디게 만드는 흠이 있었는데, 이제 제때에 만드니 더욱 사랑스러웠다.[70)] 송덕봉은 바느질 솜씨가 뛰어나 손자의 혼인 예복을 손수 만들어 주기도 하였다.[71)] 또한 그녀는 술도 잘 빚었을 뿐만 아니라,[72)] 장기도 잘 두었다. 특히 그녀는 남편이 집에 있을 때, 함께 장기를 두거나,[73)] 시로써 수창하기도 하였다.[74)] 송덕봉은 한마디로 말해 팔방미인이었다. 동년(同年) 11월 8일, 선조(宣祖)는 휴가 중인 남편에게 식물(食物)을 하사하였다. 선조(宣祖)도 남편의 청빈함을 알고 있었던 것이다.[75)] 이 해 겨울, 송덕봉은 빈궁한 생활을 면하기 위해 재산증식에 더욱 더 신경을 썼다.[76)] 그만큼 가난이 뼈에 사무쳤기 때문이다.

56세 되는 해(1576) 2월, 송덕봉은 솜씨를 발휘하여 대청을 멋들어지게 꾸몄다.[77] 그녀는 살림살이가 알뜰했고, 미적 감각도 뛰어나 집을 쓸모 있게 꾸미는 데에도 일가견을 보였다.[78] 뿐만 아니라 문학적 재능이 뛰어났고, 예술에 대한 관심도 남달랐다. 그러므로 그녀는 노비에게 가창(歌唱)을 가르치고 해금(奚琴)을 배우게 하였다.[79] 그리고 그녀는 국문을 사용하는 등 국자의식(國字意識)도 갖고 있었다.[80]

이 해 3월, 송덕봉은 젊었을 때부터 몸이 약했던 남편의 건강을 위해 온갖 정성을 다하였다.[81] 특히 유희춘은 부도(婦道)의 모범을 보인 아내에게 최상의 칭찬과 함께 이를 기록으로 남겼다.[82] 두 사람의 부부금슬이 얼마나 좋은가를 알 수 있다. 이 같은 사실은 친구나 친지, 동료들도 모두 알고 있었다.[83]

한편, 송덕봉은 대사성・대사간・대사헌・부제학・예조참판・이조참판 등 청요직(清要職)을 두루 역임한 남편에게 수차례 귀향을 권유하였다. 그러나 선조(宣祖)의 총애와 조신(朝臣)들의 반대로 벼슬을 사직하고 귀향할 수 없었다. 마침내 유희춘은 1576년 10월, 건강과 저술 등을 이유로 세 번이나 사직소를 올린 끝에 윤허(允許)를 받게 된다. 이 때 선조(宣祖)는 유희춘에게 어의(御衣)와 흑화(黑靴) 등을 하사하고 말까지 내주었다.[84] 그리하여 그는 11월 1일 대곡리 집으로 돌아왔다.[85] 송덕봉은 늦게나마 여생을 남편과 함께 고향에서 보낼 수 있으리라 여겼다.

그러나 송덕봉이 57세 되는 해(1577) 3월, 남편은 다시 홍문관 부제학에 임명된다. 그는 병을 이유로 사직소를 올렸으나, 선조(宣祖)는 부제학으로서는 전례(前例)에 없는 정2품(正二品) 자헌대부(資憲大夫)를 제수하였다.[86] 4월 21일, 유희춘은 상경(上京)하여 성은(聖恩)에 감사드리고 다시 사직을 청하기 위해 내곡리 집을 출발하였다.[87] 그녀는 이 날 이후, 다시는 남편을 만날 수 없게 되었다. 5월 15일, 한양에 올라온 유희춘은 노열(勞熱)이 대발(大發)하여 타계(他界)하고 만다. 송덕봉은 남편의 별세(別世) 소식을 듣고 너무나도 큰 슬픔과 충격을 받았다. 아내 송덕봉을 평생 동안 존중하고 아끼고 사랑하면서 희로애락을 함께 했던 유희춘, 그는 사랑하는 아내 곁을 영원히 떠나고 말았다.

사랑하는 남편을 잊지 못하던 송덕봉은, 남편 유희춘이 별세한지 7개월 후 1578년 1월 1일 끝내 별세하고 만다.[88] 그녀는 사랑하는 임 유희춘 곁으로 갔다. 이때가 그녀의 나이 58세였다.

송덕봉은 여성시인으로서 명성이 자자했지만, 한 가정에서는 효부(孝婦)요, 현모양처(賢母良妻)였다. 부도(婦道)의 모범을 보인 그녀는, 명민(明敏)·현숙(賢淑)하고 자상했을 뿐만 아니라, 수완이 있고 청렴했다. 또한 그녀는 신의를 중하게 여겼으며 대범하였다. 그리고 그녀는 남편을 극진히 공경하는 가운데 은근하게 조언을 했으며, 항상 여자로서의 본분을 잃지 않았다.

송덕봉은 다방면에 걸쳐 뛰어난 재능을 가졌다. 특히 그녀는 사랑과 운치(韻致), 학문과 문학과 예술을 알았다. 그녀는 효부(孝婦)・현모양처(賢母良妻)・여사(女士)・여류시인(女流詩人)으로서 후인(後人)의 귀감이 되었으며, 한 인간으로서 모범적인 삶의 자세를 보인 인물이었다.

선조(宣祖) 13년(1580) 특명으로 유희춘은 숭정대부(崇政大夫) 좌찬성(左贊成), 송덕봉은 정경부인(貞敬夫人)을 추증(追贈)받았다.

송덕봉은 남편 유희춘과의 사이에 1남 1여를 두었다. 그녀의 묘(墓)는 담양군(潭陽郡) 대덕분(大德面) 니팔곡(泥八谷)에 부군 유희춘과 쌍분(雙墳)으로 모셔져 있다.

III

문학세계

1. 문학적 배경

송덕봉의 문학적 배경은 가정적 배경(친정과 시댁)과 남편 유희춘과의 문학적 교감 등을 들 수 있다. 송덕봉의 친정인 홍주(洪州) 송문(宋門)에서는 당시 여성교육에 대해 대부분 부정적이었던 타(他) 가문(家門)과는 달리 딸들에게도 교육을 시켰던 것으로 보인다. 송제민(宋濟民)은 송덕봉의 친정 5촌 조카인데, 송제민의 사위 권필(權韠)이 쓴 〈해광공유사(海狂公遺事)〉를 보면, "敎諸

子甚嚴 雖女子 十歲必皆通小學・孝經・烈女傳"[89]이라고 하였는바, 이로써 짐작건대 송덕봉의 친정 홍주 송문에서는 여자들도 천자문・소학・내훈・열녀전・사기・통감・효경・작법(시와 문) 등을 배운 것으로 보인다.[90] 뿐만 아니라 시댁인 선산(善山) 유문(柳門)에서도 여자들에게 경사(經史)와 시・문(詩・文) 작법(作法) 등을 교육시켰던 것 같다.[91]

아무튼 송덕봉은 성장하면서 학문과 문학에 관심을 갖고 열심히 공부를 하였다. 뿐만 아니라 혼인을 하여서도 학문과 문학에 대한 관심은 계속되었고 갈수록 높은 경지에 도달했던 것으로 짐작된다. 특히 종성에서 귀양살이를 하던 남편을 뒷바라지하던 시기[92]에 남편과 함께 성리학 공부와 시작(詩作)을 했던 것으로 보인다. 그리하여 그녀는 서사(書史)를 섭렵하여 경사(經史)에 통달한 여사(女士)가 되었을 뿐 아니라[93] 시(詩) 작법(作法)과 시 감식에도 조예가 깊게 되었던 것 같다.

그런바 송덕봉은 남편의 학문연구와 저술활동을 물심양면으로 돕는 한편, 학문적으로도 도움을 주었다.[94] 뿐만 아니라 남편의 손자 교육 시 서책 선정의 잘못을 지적하여 시정하게 하였고,[95] 남편에게 시작법에 대한 자신의 이론을 설명하거나,[96] 남편의 시를 고쳐주기도 하였다.[97] 그녀가 이렇게 되기까지에는 본인의 노력과 함께 남편 유희춘의 사랑과 이해와 격려, 그리고 시댁 식구들의 이해와 분위기도 작용했던 것으로 보인다. 특히 남편의 사랑과 이해와 격려는 결정적이었다.

송덕봉의 문학에 대한 관심과 정진, 지속적인 창작활동, 그리고 시・문에 뛰어날 수 있었던 것은 그녀의 뛰어난 자질과 문학적 재능과 소양, 홍주 송문과 선산 유문의 교육열과 문학적 가풍, 남편과의 문학적 교감 때문이었던 것 같다. 특히 남편과의 문학적 교감은 송덕봉 문학의 핵심적 배경이라 할 수 있다.

한편, 송덕봉은 자신의 작품에 대한 애착도 강했을 뿐만 아니라[98] 국자의식도 갖고 있었으며,[99] 예술에 대한 관심도 남달랐다.[100] 그러면 그녀의 작품 중 먼저 한시에 대하여 살펴보기로 하자.

2. 한시(漢詩)

송덕봉은 한시와 산문을 비교적 남긴 것으로 추정되나[101] 현재 많은 작품들이 산일(散佚)되었다. 한시의 경우, 『미암일기(眉巖日記)』(친필본〈親筆本〉 및 이본〈異本〉 포함)・『미암일기초(眉巖日記草) 1~5』(활인본〈活印本〉, 조선총독부 조선사편수회, 1938)・『미암선생집(眉巖先生集)』・『미암시고(眉巖詩稿)』(목판본, 3卷1冊, 일본〈日本〉 천리대〈天理大〉 소장본〈所藏本〉, 복사본 필자 소장)・『덕봉문집병미암집(德峯文集幷眉巖集)』(필사본, 2卷1冊),[102] 그리고 『대동시선(大東詩選)』

(吳世昌, 1978) · 『동국여류한시집(東國女流漢詩集)』(홍연재선생기념사업회, 1995) · 『한국여류한시선집』(김안서, 정음사, 1973) · 『김태준전집(金台俊全集) 3』(朝鮮의 女流文學, 보고사, 1990) · 『조선여류한시전집(朝鮮朝女流詩文全集)』(許米子, 태학사, 1988) · 『국역 연려실기술』(민족문화추진회, 1977) · 『한국한시(韓國漢詩) 第3卷』(金達鎭 譯解, 民音社, 1989) · 『한국의 여류한시(女流漢詩)』(金智勇 譯, 여강, 1991) · 『한국여류한시선(韓國女流漢詩選)』(曺斗鉉 역편, 태학당, 1994) 등에 산견(散見)되는 작품들을 모두 종합하더라도(중복되는 시는 1首로 계산) 현전(現傳)하는 작품은 24수(首) 〔미완성作 3수(3수 중 2수는 2句, 1수는 1句〈聯句〉만 있음)와 조두현 역편, 『한국여류한시선(韓國女流漢詩選)』에 수록된 1수(〈贈親族宋震〉) 포함. 그런데 미완성 작(作) 3수를 제외하면 송덕봉의 완전한 시는 21수임〕이다.[103] 이들 작품들은 대부분 1567년(남편 유희춘이 해배 · 복관된 해) 이후에 지은 것이다.[104]

현전하는 송덕봉 시(24수)의 시제(詩題)와 시체(詩體) · 출전(出典) · 창작연대(創作年代) 등을 소개하면 다음과 같다.[105]

① 〈偶吟〉(卒吟)"一雙仙鶴唳淸霄……"(七言絶句, 『미암일기초 5』 · 『덕봉문집병미암집』, 1545년作. 남편 유희춘이 무장현감 재임 때 관아에서 지은 시)

② 〈摩天嶺上吟〉(登磨天嶺)"行行遂至磨天嶺……"(七言絶句,

『미암일기초 5』·『덕봉문집병미암집』, 1560년作)

③ 〈戱和眉巖韻〉(戱和韻, 附次韻)"君詩夸詑無謙讓……"(七言絶句, 『미암일기초 5』·『덕봉문집병미암집』·『미암선생집』, 유희춘이 은진에 있을 때 지은 시. 1566년 8월 15일作으로 추정. 참고 : 유희춘 시 〈寄夫人〉(示夫人, 寄成仲) 있음)

④ 〈無題〉(2句만 있음)"秋霜香菊十分黃 春雨梨花不數光"(七言絶句, 『미암일기초 3』, 〈1571년 10월 15일〉"夫人去歲夢見詩二句" ; "又夫人戊辰年 曾夢二句云" 1568년作. 꿈속에서 지은 시. 미완성作)

⑤ 〈次韻〉"菊葉雖飛雪……"(五言絶句, 『미암일기초 2』·『덕봉문집병미암집』, 1569년 9월 2일作. 참고 : 화답시임. 유희춘 시는 9월 1일作. 유희춘 시 〈送酒于夫人兼贈小詩〉 있음)

⑥ 〈四月八日與尹壻光龍小酌〉"三冬宜凍沍……"(五言絶句, 『미암일기초 5』·『덕봉문집병미암집』, 1570년 4월 8일作인 듯)

⑦ 〈和答詩〉"自比元公無物慾……"(七言絶句, 『미암일기초 2』, 1570년 4월 26일作. 참고 : 화답시임. 유희춘 시 〈自比元公〉 있음)

⑧ 〈端午與吳姊會新舍〉"天公爲送三山壽……"(七言絶句, 『미암일기초 5』·『덕봉문집병미암집』, 1571년 5월 5일作)

⑨ 〈次眉巖韻〉"莫誇和樂世無倫……"(七言絶句, 『미암일기초

5』·『덕봉문집병미암집』, 1571년 7월作. 〈착석문〉과 함께 지어 보낸 듯)

⑩ 〈無題〉(2句만 있음)"越女一笑三年留 君之辭歸豈易乎"(七言絶句, 『미암일기초 3』, 1571년 9월作. 미완성作. 참고 : 〈1571년 9월 19일〉 유희춘의 답시 있음)

⑪ 〈眉巖升嘉善作〉"黃金橫帶布衣極……"(七言絶句, 『미암일기초 5』·『덕봉문집병미암집』, 1571년 10월作)

⑫ 〈重陽日族會〉"今日重陽會……"(五言絶句, 『미암일기초 5』·『덕봉문집병미암집』, 1571년 9월 이후作)

⑬ 〈得宮中酒與好梨共喫相慶〉"雪中白酒猶難得……"(七言絶句, 『미암일기초 3』·『덕봉문집병미암집』, 1572년 11월 11일作)

⑭ 〈醉裏吟〉"天地雖云廣……"(五言絶句, 『미암일기초 5』·『덕봉문집병미암집』, 1571년 이후 여름作)

⑮ 〈次男韻〉"莫言羊石壁……"(五言絶句, 『미암일기초 5』·『덕봉문집병미암집』, 1574년 1월作, 참고 : 아들 시 〈景濂戲贈羅袖〉 있음)

⑯ 〈醉中偶吟〉"平生三到洛陽城……"(七言絶句, 『미암일기초 5』·『덕봉문집병미암집』, 1574년 3월 19일作. 참고 : 『미암일기초 4』, 〈1574년 3월 19일〉 기사에는 "夫人醉中吟詩 余次韻"만 있음. 『덕봉문집병미암집』에는 유희춘의 시 〈次韻〉 있음)

⑰ 〈次韻〉(附次韻)“昔日分南北……”(五言絶句, 『미암일기초 5』·『덕봉문집병미암집』·『미암선생집』, 1574년 9월 9일作. 참고 : 『미암일기초 4』, 〈1574년 9월 9일〉에 남편, 아들, 친족과 함께 시를 지음. 유희춘 시 〈重九小酌〉 있음)
⑱ 〈詠東堂贈眉巖〉“三十年前舍……”(五言絶句, 『미암일기초 5』·『덕봉문집병미암집』, 1575년 11월 22일作. 참고 : 유희춘 시 〈次韻〉 있음)
⑲ 〈又贈眉巖〉(附次韻)“聖眷方隆何事退……”(七言絶句, 『미암일기초 5』·『덕봉문집병미암집』·『미암선생집』, 1575년 11월 22일作. 참고 : 유희춘 시 〈雪夜〉(次韻)에 또 〈次韻〉 있음)
⑳ 〈仲冬二十七日詠雪聯句〉(1구만 있음)“青山雪滿松塗粉”(七言絶句, 『미암일기초 5』·『덕봉문집병미암집』, 1575년 11월 27일作. 참고 : 유희춘 시(1구. “綠水風來浦刺紋”) 있음)
㉑ 〈至樂吟 中 其 二〉(附次韻)“春風佳景古來觀……”(七言絶句, 『미암일기초 5』·『덕봉문집병미암집』·『미암선생집』, 1576년 4월 5일作. 참고 : 유희춘 시 〈至樂吟 中 其 一〉 있음)
㉒ 〈乙亥除夜〉(除夜)“顓頊燈前送……”(五言絶句, 『미암일기초 5』·『덕봉문집병미암집』, ‘乙亥年(1575)子時以後丙子歲’. 1575년 12월 30일作. 참고 : 유희춘 시 〈又眉巖〉 있음)
㉓ 〈八月十二日夜卽景〉“淸風生雨後……”(五言絶句, 『미암일기초 5』·『덕봉문집병미암집』, 8월 12일作이나 연대는 미

상. 1567년 이후 作으로 추정)

㉔ 〈贈親族宋震〉"此地先家廟……"(五言絶句, 『한국여류한시선』(조두현 역편), 창작연대미상. 1560년 이후 作으로 추정)

현전하는 송덕봉의 시는 모두 절구(絶句)인데, 7언(言)이 5언(言)보다 약간 많은 편이다. 현전하는 작품이 모두 절구(絶句)라는 것은 함축적인 표현을 선호했기 때문으로 보인다. 그리고 시제(詩題)에 차운(次韻) 등이 붙은 시가 가장 많고, 음(吟)・취(醉)가 붙은 시도 여러 편이다. 이 가운데 차운시(次韻詩)가 가장 많다는 것(화답시 포함), 특히 그 중에서도 부부가 서로 주고받는 수창시(酬唱詩)가 가장 많은바 주목된다. 한편, 술과 관련된 시들도 있어 눈길을 끈다. 소재로는 인물이나 자연・절기(節氣)・술 등이 주류를 이루고 있는데, 인물(대부분 남편)이 가장 많다. 송덕봉의 시는 대부분 일상생활과 관련된 작품들이거나 체험사실과 관련된 작품들이다. 그리고 기교적인 측면보다는 사실 그대로를 자연스럽게 표현하고 있으며, 시어도 평이하고, 조탁의 흔적도 거의 없다.

(1)시로 주고받는 부부사랑

부부가 시를 생활의 일부로 여기고 시적 교감을 통하면서 살면 얼마나 좋고 멋있을까? 유희춘・송덕봉 부부가 그러했다. 송덕봉은 남편과 자주 실생활에서 있었던 일을 시로 주고받았다. 그러므로 송덕봉의 시에는 부부사랑을 읊은 작품이 태반이다.

雪下風增冷 눈 내리고 바람 더욱 차가우니
思君坐冷房 냉방에 앉아있는 당신이 생각나오.
此醪雖品下 이 술이 비록 下品이긴 하지만
亦足煖寒腸 당신의 언속을 덥히기엔 족하겠지요.

〈送酒于夫人兼贈小詩〉[106](유희춘)

菊葉雖飛雪 국화잎에 비록 눈발은 날리오나
銀臺有煖房 銀臺엔 따뜻한 방이 있겠지요.
寒堂溫酒受 차가운 방에서 따뜻한 술을 받아
多謝感充腸 창자를 채우니 고마움 그지없어라.

〈次韻〉[107](송덕봉)

1569년 9월 1일 유희춘이 승지로 입직(入直)하면서 6일 동안 집에 가지 못하자,[108] 집에 있는 아내에게 모주(母酒) 한 동이와 시 한 수를 지어 보냈다.[109] 유희춘은 객지인 한양에서 자신을 뒷바라지하는 아내에게 할 말이 없었다. 늦가을 때 아닌 눈과 찬 날씨, 더구나 며칠 동안 부인 혼자 있었으니 방은 더욱 추울 수밖에 없었을 것이다. 그래서 유희춘은 자신 때문에 평생 고생만 하는 아내에게 미안함과 함께 사랑의 뜻이 담긴 시 한 수를 지어 보냈던 것이다.

남편의 시를 받아 본 송덕봉은, 다음날(9월 2일) 차가운 날씨에 은대(銀臺. 승정원)에서 입직(入直)하고 있는 남편의 건강을 걱정하는 한편, 술을 보내준 남편에게 고마움을 시로써 표현하였다.[110]

위의 두 번째 시 〈次韻〉은 남편에게 보낸 화답시다. 3구의 '寒堂'과 '溫酒'는 조화를 이루면서 4구의 '多謝感'을 통해 남편에 대한 사랑을 곡진하게 내비치고 있다. 위의 두 시에서 두 사람의 부부애를 엿볼 수 있다. 이처럼 두 사람은 시작(詩作)을 통해 부부지정(夫婦之情)을 돈독히 했다. 뿐만 아니라 두 사람은 일상생활에서 있었던 일을 시로써 수창하여 서로 교감하였다.[111]

三十年前舍　삼십년 전의 집에
如今並轡還　이제야 나란히 말고삐를 잡고 돌아왔네.
東堂新洒落　東堂이 새로 시원하게 지어졌으니
君可舍簪閑　당신은 벼슬을 버리고 한가로이 지내시구려.

〈詠東堂贈眉巖〉[112](송덕봉)

四十年前夢　사십년 전 꿈이
如今驗始還　이제야 돌아와 비로소 징험을 하는구나.
新堂春色至　새로 지은 집에 봄빛이 이르렀으니
同樂太平閑　함께 태평시절을 누립시다.

〈次韻〉[113](유희춘)

1575년 11월 겨울, 송덕봉은 21년 동안 억울하게 귀양살이를 하고 해배・복관되어 한양에서 벼슬살이(당시 이조참판)를 하다가 휴가를 얻어 담양의 본가 옛집으로 내려온 남편과 함께 새로 개축한 집을 보고 감회가 남달라 시를 주고받았다. 30년이나 된 집, 더구나 개축까지 한 집에 와서 느끼는 감정은 이루 말할 수 없었다. 그래서 송덕봉은 남편에게 벼슬을 관두고 고향 새 집에서 함께 노년을 보내자고 권하고 있다. 4구의 '君可舍簪閑'은 이에 대한 은근한 표현이다. 그러자 유희춘 또한 '同樂太平閑'으로 답하고 있다.(이때 유희춘은 사직 상소를 올렸음) 이들이 진정으로 바라는 것은 '부부화락(夫婦和樂)'이다.[114] 이처럼 시로써 교감・소통하는 두 사람은 금슬 좋은 부부였으며,[115] 시우(詩友)・지기(知己)였다.

시로 주고받는 부부사랑의 작품은 대부분의 규방여인이나 다른 여성시인들이 읊는 교화적 성격의 가정적 성향의 시들과는 달리, 주로 남편과의 정감 넘치는 애정의 시세계를 보이고 있는

바 주목된다. 특히 대부분의 규방시가 지니고 있는 남편에 대한 '기다림의 한' 혹은 '그리움' 등으로 일관되어 있는 점과 비교해 볼 때, 대조적인 시풍을 지닌 작품들이 많은 편이다.[116]

(2)자식과 친척에 대한 사랑

자식과 친척들에게 어질고 자상했던 송덕봉은 이들을 사랑으로 어루만지고 대해주었다. 그러므로 그는 자식과 친척들에 대한 사랑을 시로 형상화한 작품들이 여러 편 있다.

今日重陽會　오늘은 重陽節 모임인데
眞嫌菊未開　참으로 국화가 안 피어 서운하구나.
吾兒雖末職　내 아들이 비록 말직이기는 하지만
猶勝白衣來　그래도 白衣로 온 것보다는 낫구나.

〈重陽日族會〉[117]

중양일(重陽日. 1571년 이후. 9월 9일)에 가족들이 모두 모였다. 외아들 경렴(景濂)도 집으로 왔다. 비록 음직으로 참봉 벼슬살이를 하는 처지지만, 그래도 백면서생으로 온 것보다는 나았다. 여기서 가족모임이 흔했던 것으로 보이며, 가족 간의 유대와 사랑을 짐작할 수 있다. 그리고 2구에서 계절의 멋을 아는 송덕봉의 일면을 엿볼 수 있다. 특히 4구에서 송덕봉의 모정(母情)을 느낄 수 있다. 아들이 벼슬을 안 한 것보다는 비록 아주 낮은 벼슬일지라도 하는 것이 낫다고 한 어머니로서의 송덕봉의 심정을 엿볼 수 있다. '勝白衣'는 이 같은 심정을 잘 드러내고 있다. 이 시는 자식에 대한 사랑을 곡진하게 그린 작품이다.

三冬宜凍沍　겨울 석 달은 마땅히 추워야겠지만
春日又何寒　봄날인데도 어찌 차가운고.
如今佳節會　지금 같이 좋은 계절에 모이니
和氣滿靑山　和氣가 靑山에 가득하구나.

〈四月八日與尹壻光龍小酌〉[118]

1570년 4월 8일 사위와 종손자가 찾아와 함께 술을 마셨다. 지난겨울에는 집안에 홍역이 돌고, 2월에는 노비가 열병을 앓아 자식과 친척들의 건강이 궁금했었는데, 이날 두 사람을 만나보니 마음이 놓였다. 그러므로 2句의 '何寒'의 시어에서 보듯, 송덕봉은 자손과 친척들의 건강을 걱정하였던 것이다.[119] 4월 8일, 좋은 계절에 온화한 기운이 푸른 산에 가득하니 근심이 사라지는 듯했다. 사위와 종손자에 대한 사랑을 엿볼 수 있는 시이다.

자식과 친척에 대한 사랑의 시는 대부분 평이하면서도 곡진하게 표현하고 있다. 송덕봉은 자식과 친척들을 사랑하였지만,

겉으로 대놓고 드러내지는 않았다.

(3)자연경물에 대한 관조

송덕봉은 자연의 멋과 운치를 알고 있어 자연경물이나 풍광에 대한 자신의 감흥을 효과적으로 시로 표현하였다.

一雙仙鶴唳淸霄	한 쌍의 仙鶴이 맑은 밤하늘에서 우니
疑是姮娥弄玉簫	월궁의 항아가 옥퉁소를 부는 듯하네.
萬里浮雲歸思地	萬里의 뜬구름 돌아간 곳에
滿庭秋月刷鷴毛	뜰에 가득 비친 가을 달빛이 하얀 털로 쓸어 놓은 듯하네.

〈偶吟〉[120]

1545년 남편 유희춘이 무장현감으로 있을 때, 관아에서 지은 시이다.

가을날 밤 관아의 뜰을 거닐고 있던 송덕봉은 한 쌍의 선학이 우는 소리를 들었다. 그 소리는 마치 월궁의 선녀인 항아가 옥퉁소를 부는 소리처럼 맑고 기품이 있어 보였다. 또 구름이 걷히니 관아의 뜰에 비친 달 역시 밝고 깨끗해 보였다. 송덕봉은 이를 관조하면서 시로 형상화하였다. 특히 '仙鶴'·'玉簫'·'浮雲'

・'秋月'・'鸝毛' 등의 시어는 가을날 밤의 정경을 절묘하게 묘사하고 있다.

이 시는 한 폭의 동양화를 연상케 한다. 특히 시상전개와 표현기교가 뛰어나고, 높고 맑은 기상을 엿볼 수 있다. 자연의 운치를 아는 송덕봉의 진면목이 드러난 작품이라 하겠다.

清風生雨後　시원한 바람은 비온 뒤에 불어오고
皓月露雲間　밝은 달은 구름사이로 드러난다.
促織雖鳴咽　베 짜기를 재촉하는 소리 목메 우는 듯하더니
今宵幸得閑　오늘밤은 다행히 한가롭구나.

〈八月十二日夜卽景〉[121]

8월 12일 밤에 자연경물을 보고 느낀 그대로를 시로 형상화하였다.

이 시는 가을날 밤의 정경을 사실적으로 그리고 있다. 1구와 2구는 자연의 이치와 경물을 사실적으로 담고 있고, 3구와 4구는 송덕봉 자신의 모습과 여름날 밤의 정경을 담담・담백하고 차분하게 표출시키고 있다. 중추절을 앞두고 바쁘게 베 짜던 일을 잠시 멈추고 여름날 밤의 정경을 관조하고 있는 송덕봉의 모습을 엿볼 수 있다. 잔잔한 울림이 있는 시라 하겠다.

자연경물에 대한 관조의 시는 자연과의 친화(親和)를 내용

으로 대부분 자연경물을 안분된 상태에서 관조하고 있다.

(4)술을 통한 심경표출

송덕봉은 술과 관련된 시들을 여럿 편 남기고 있다. 조선시대에 술은 여성들과 밀접한 관련이 있다. 부인들은 명절・제사・혼인・생신 등 집안의 행사가 있을 때마다 술을 빚었다. 그만큼 집안 일 가운데 술이 차지하는 비중이 컸다. 송덕봉 또한 술을 잘 빚어 남편의 칭찬을 받은 적이 있다.[122] 그리고 송덕봉은 술을 자주 마시지는 않았지만, 남편과 즐기는 편이었다. 그래서 술과 관련된 또는 술을 소재로 한 시를 쓴 것으로 보인다.

天地雖云廣　천지가 비록 넓다고 하지만
幽閨未見眞　깊은 규방에서는 진짜 모습을 볼 수가 없네.
今朝因半醉　오늘 아침 반쯤 취하고 보니
四海闊無津　四海가 넓어서 끝이 안 보이네.

〈醉裏吟〉[123]

송덕봉이 50세 이후에 지은 시로, 기상이 남자 못지않다. 송덕봉이 아침에 약간 취한 상태에서 지은 시이다. 아마 지난밤에 집안 제사를 마치고 음복을 했던 것으로 짐작된다. 2구의 '幽閨

未見眞'은 의미가 사뭇 심장하다. 송덕봉이 살았던 조선시대는 유교를 국시로 하고 유교윤리를 중시했던 남자 중심의 시대였기에 여성은 제약을 받을 수밖에 없었다. 송덕봉은 2구에서 이를 내비치고 있다. 그리고 4구에서 이에 대한 심경을 술을 통해 표출시키고 있다. 송덕봉은 2구의 '未見眞'과 4구의 '闊無津'을 통해 자신의 심경을 극명하게 나타내고 있다.

술을 통한 심경표출의 시에서 송덕봉의 남자 못지않은 기상과 호방함도 엿볼 수 있다. 그런데 그녀가 그리고 있는 술의 세계는 정실부인으로서는 의심스러울 만큼 술의 경지를 터득해 완숙한 모습을 여실히 보여주고 있어 눈길을 끈다.

(5)세시풍속에 대한 관심

송덕봉은 세시풍속에 대하여 관심이 있었다. 그리고 절기 때에는 가족들이 모이곤 하였다. 그래서 절기나 세시풍속에 대한 시들이 있다.

顓頊燈前送　顓頊을 등불 앞에서 보내고
勾芒夜半來　勾芒은 밤중에 온다.
滿堂新賀客　집에 가득한 新年 賀客들
皆是兩眉開　모두 두 눈썹이 열린다네.

〈乙亥除夜〉[124]

1575년 12월 30일에 지은 시로, 수세(守歲)·세배(묵은세배 포함) 등과도 연관이 있다. 전욱(顓頊)은 중국 고대의 전설에 나오는 오제(五帝)의 하나로 황제의 손자이며, 북방의 신이고 12월의 신이다. 구망(勾芒)은 오행(五行)에서 목(木)의 운수를 맡은 신으로 1월의 신이다. 그러니까 섣달 그믐날(작은 설) 밤에 새해를 맞이하는 광경을 빗대어 12월의 신(神)인 전욱을 보내고, 1월의 신(神)인 구망을 맞고 있다고 하였다. 여기서 1구의 '燈前送'과 2구의 '夜半來'의 표현이 절묘하다. 그리고 4구의 '皆是兩眉開'는 수세(守歲) 풍속에 대한 설명을 함축시킨 표현으로 이 시의 핵심이라 하겠다. 이날 밤에 잠을 자면 눈썹이 센다고 하여 가정에 따라서는 잠을 자지 않고 밤을 지키기도 했다. 이때 잠을 자는 사람이 있으면 그 사람의 눈썹에 밀가루나 쌀가루를 발라 두었다가 잠에서 깨면 눈썹이 세었다고 놀리기도 했다. 속담에 '제야(除夜)에 잠을 자면 양쪽 눈썹이 모두 희게 센다고 하여 어린아이들은 이 말에 속아서 자지 않았다'고 한다. 실제로 1960년대에도 아이들은 이를 정말로 믿어 밤을 새우기도 하였다. 이처럼 송덕봉은 당시의 세시풍속에 대하여 잘 알고 있었으며 이를 행했던 것으로 보인다.[125)]

세시풍속에 대한 관심을 표출한 시는 세시풍속과 어울리는 시적표현을 하고 있어 멋과 운치가 있는바 눈길을 끈다.

한편, 송덕봉은 남편과 함께 聯句詩(〈仲冬二十七日咏雪聯

句〉. “青山雪滿松塗粉〈德峯〉 綠水風來蒲刺紋〈眉巖〉”)를[126] 짓기도 하였다.

송덕봉의 시는 남편 유희춘과 함께 수창한 작품이 대부분이다(주로 차운시). 특히 부부사랑을 읊은 시가 태반이다. 이들 시들은 정감이 넘치는 애정의 세계를 진솔하게 그리고 있다. 그리고 시상전개나 표현도 자연스럽다. 뿐만 아니라 남자 못지않은 기상과 호방함, 운치와 격조, 높고 맑은 품격의 시들이 많아 주목할 만하다.

시작(詩作)을 생활의 일부로 여기고 남편과 함께 수창하며 교감하였던 송덕봉, 그녀의 시는 사랑이 주류를 이루고 있는데, 대부분의 여성시인들과는 다른 독특한 시세계를 보이고 있어 높이 평가할 만하다.

3. 산문(散文)

송덕봉의 산문은 생전에 많았던 것으로 짐작되지만, 현재 3편 〔편지 1편〈유문절공부인송씨답문절공서(柳文節公夫人宋氏答文節公書)〉·문(文) 2편〈착석문서(斲石文序)〉·〈착석문(斲石文)〉〕이 전해지고 있다. 그런데 최근 송덕봉(특히 산문에 초점을 맞추어)에 대하여 사회학이나 여성학 분야에서 ‘젠더(Gender)’ 역할에 주목하여 현대적인 모습을 부각시키고 있다.[127] 이와는 달리 16세기 조선은 전통적인 삶의 방식과 성리학적 삶이 교차되던 시기, 즉 성리학적인 삶이 정착되어 가고, 성리학적 질서로 가는 노정에 위치하는 시기로, 이러한 시기에 송덕봉은 성리학적 삶을 실현하려 하였고, 성리학적 지향을 한 인물이라고 평가하고 있다.[128] 둘 다 주목할 만하다. 그러면 〈유문절공부인송씨답문절공서〉·〈착석문서〉·〈착석문〉 순으로 살펴보기로 하자.

(1)〈柳文節公夫人宋氏答文節公書〉
- 사랑하는 남편에게 보내는 충고와 조언의 메시지

송덕봉은 남편 유희춘에게 자주 편지(국문 또는 한문)를 쓴 것으로 보인다.[129] 그러나 현재 1편만 전하고 있다. 그런데 제목 〈유문절공부인송씨답문절공서〉는 후손 또는 후인이 붙인 것으로 보인다. 문절공은 남편 유희춘을 말하는데, 시호 '문절(文節)'은 인조(仁祖) 12년(1634)에 받은 것이다.[130] 그러니까 1578년 송덕봉 사후(死後) 보관해오고 있던 송덕봉의 편지를 후손 또는 후인이 1634년 이후에 제목만 〈유문절공부인송씨답문절공서〉라고 붙였거나 고쳤던 것 같다.[131] 전문을 소개하면 다음과 같다.

삼가 엎드려 편지를 보니 갚기 어려운 은혜라고 스스로 자랑하셨는데 우러러 감사하기 그지없습니다. 다만 듣건대 군자가 행실을 닦고 마음을 다스리는 것은 본래 성현의 가르침을 따르기 위한 것이지 어찌 아녀자를 위해 힘쓰는 것이겠습니까? 마음이 안정되어 물욕에 유혹되지 않으면 자연 잡념이 없어지는 것이니 어찌 규중 아녀자의 보은을 바라겠습니까? 3~4개월 동안 홀로 지낸 것을 가지고 고결한 척하며 덕을 베푼 생색을 낸다면 반드시 담담하거나 무심한 사람은 아닐 것입니다. 마음이 편안하고 깨끗해서 밖으로 화려한 유혹을 끊어버리고 안으로 사념이 없다면 어찌 꼭 편지를 보내 공을 자랑해야만 알겠습니까? 곁에 자기를 알아주는 벗이 있고, 아래로는 권속과 노복들의 눈이 있으니 자연 공론이 퍼질 것이거늘 굳이 애써서 편지를 보낼 필요가 있습니까? 이렇게 볼 때 당신은 아마도 겉으로만 인의를 베푸는 척하는 폐단과 남이 알아주기를 서둘러 바라는 병폐가 있는 듯합니다. 제가 가만히 살펴보니 의심스러움이 한량이 없습니다. 저도 당신에게 잊을 수 없는 공이 있으니 소홀히 여기지 마십시오. 당신은 몇 달 동안 혼자 지낸 것을 가지고 매양 편지마다 구구절절 공을 자랑하지만, 60이 가까운 몸으로 그렇게 홀로 지내는 것은 당신의 건강을 유지하는데 크게 유리한 것이지 저에게 갚기 어려운 은혜를 베푼 것은 아닙니다. 비록 그렇기는 하나 당신이 도성 사람들이 모두 우러러보는 높은 관리로서 수개월 동안이라도 혼자 지내는 것 또한 보통 사람들이 어렵게 여기는 일이기는 합니다. 저는 옛날 시어머님의 상을 당했을 때 사방에 돌봐주는 사람 하나 없고, 당신은 만리 밖으로 귀양 가 있어 그저 하늘을 향해 울부짖으며 통곡만 할 뿐이었습니다. 그러나 저는 지극 정성으로 예(禮)에 따라 장례를 치러 남들에게 부끄러울 것이 없었고, 곁에 있는 사람들이 '묘를 쓰고 제사를 지내는 것이 비록 친자식이라도 이보다 더 할 수는 없다.'고 하였습니다. 삼년상을 마치고 또 만리 길을 나서 온갖 어려움을 무릅쓰고 찾아간 일을 누가 모르겠습니까? 제가 당신에게 이렇게 지성을 바쳤으니 이것이야말로 잊기 어려운 일일 것입니다. 당신이 몇 달 동안 홀로 지낸 일과 제가 한 몇 가지 일을 서로 비교한다면 어느 것이 가볍고 어느 것이 무겁겠습니까? 원컨대 당신은 영원히 잡념을 끊고 기운을 보전하여 수명을 늘리도록 하십시오. 이것이 제가 밤낮으로 바라는 바입니다. 그러므로 저의 뜻을 이해하고 살펴주시기를 엎드려 바랍니다. 송씨 아룀[132]

1570년 6월 12일 남편 유희춘에게 보낸 편지이다.[133] 한양에 올라와 벼슬살이하는 남편은 4개월가량 혼자 지내면서 여색(女色)을 가까이 하지 않았으니, 갚기 어려운 은혜를 입은 줄 알라고 자랑하는 내용의 편지를 송덕봉에게 써서 보냈었다.[134] 하기

야 이 시절의 양반 남자들에게는 이것도 대단한 일이다. 그러나 편지를 받아본 송덕봉의 심정이 어떠하였는지는 그녀가 남편에게 보낸 편지에서 엿볼 수 있다. 송덕봉은 남편에게 예의를 지키면서 은근하게 책망을 하는 한편, 때론 준엄하게 조목조목 이유를 들어 조리 있게 반박하면서 충고와 조언을 하였다. 군자가 행실을 닦고 마음을 다스리는 것은 성현의 가르침을 따르기 위한 것이요, 마음이 안정되어 물욕에 유혹되지 않으면 잡념이 없어지는 것이니, 이는 아녀자를 위한 것이 아니라 사대부로서 마땅히 해야 할 심성수련과 인격수양을 위한 것이라고 하였다. 그런데도 진중하지 못하게 편지를 보내 자랑을 하는 것은 조금 지나치며, 더구나 독숙(獨宿)하고 있는 사실은 주변의 벗들, 그리고 권속과 노비들에 의해 자연스럽게 알려질 텐데 굳이 편지까지 보낼 필요가 있냐고 물으면서, 남편이 겉으로만 인의를 베푸는 척하고 남이 알아주기를 서두르는 병폐가 있는 것 같아 의심스럽다고 하였다. 송덕봉의 질책이 만만하지 않다. 송덕봉의 이러한 나무람의 농도는 점점 짙어만 갔다. 마침내 송덕봉은 남편의 정곡을 찌른다. 남편이 몇 달 동안 혼자 지낸 것을 가지고 공을 자랑하지만, 나이 60세가 가까운 사람이 홀로 지내는 것은 건강을 유지하는데 크게 도움이 되는 것이지 아내에게 은혜를 베푼 것은 아니라고 하였다. 물론 높은 관리가 몇 달 동안 혼자 지낸 것은 보통 사람도 어렵게 여기는 일이다. 송덕봉은 남편의 독숙을 인정하지만, 이는 그녀가 옛날에 했던 몇 가지 일들과 견주어 보면 상대가 되지 않는다고 하였다. 남편이 귀양살이 할 때 시어머님을 극진하게 봉양했고, 게다가 시어머님 상을 달하여 지극 정성으로 예에 따라 장례를 치렀고, 삼년상을 마친 뒤에는 단신으로 남편의 유배지 종성으로 가서[135] 남편을 수발했던 일들과 비교해보면 어느 것이 가볍고 무거운지 알 수 있을 것이라고 반문하였다. 그러면서 송덕봉은 남편에게 이처럼 당신에게 지극 정성을 다 하고 있으니 부디 잡념을 끊고 건강을 보존하여 수명을 늘리도록 하라고 간곡히 당부한다. 이것이 그녀가 밤낮으로 오직 바라는 것이었다. 송덕봉의 부탁이 절절함을 알 수 있다. 이에 유희춘은 "부인의 말과 뜻이 다 좋아 탄복을 금할 수 없다"[136]라고 하면서 자신의 잘못을 순순히 인정하였다. 두 사람의 금슬이 좋지 않다면 이렇게 할 수 없다. 이처럼 사랑하는 남편에게 보내는 충고와 조언의 메시지도 부부사랑 때문에 가능한 것이다. 이 편지에서 송덕봉의 논리 정연한 글 솜씨와 부도(婦道)를 지키는 가운데 당당하고자 했던 모습을 엿볼 수 있다.

(2)〈斲石文序〉-친정아버지에 대한 효심

1500년도 후반부터 사대부가에서는 조상의 묘소에 석물(비석)을 세우는 일이 유행이었다. 송덕봉 또한 친정아버지 묘에 비석을 세우고 싶어 했다. 그래서 은진에서 좋은 돌을 구하여 담양으로 옮겨 놓았으나 인력이 부족하여 세우지 못하고 있었다. 그러던 중 1571년 2월 남편이 전라감사로 부임하게 되자, 송덕봉은 도움을 청한다. 그러나 남편은 반드시 사비를 들여서 하라고 완고하게 거절한다. 어쨌든 곡절 끝에 남편은 송덕봉의 간절한 염원을 받아들여 도와준다. 먼저 〈착석문서〉를 소개하면 다음과 같다.

> 남편 미암이 종성에서 귀양살이를 한 지 19년만인 1565년(명종 20년) 12월에 임금의 은혜를 입어서 1566년 봄에 은진으로 유배지를 옮기게 되어 내가 또한 모시고 돌아와 함께 지내었다. 구사일생으로 살아남은 중에도 내가 오직 바라는 것은 친정 선영의 곁에 비석을 세우는 일이었는데, 마침 은진에서 생산되는 돌의 품질이 비석 감으로 가장 좋아 즉시 석공을 불러 값을 주고 사서 배에 실어 보내 해남의 바닷가에 두게 하였다. 1567년(선조 원년) 겨울에 미암이 홍문관 교리로 성묘를 하기 위해 고향으로 돌아갈 때 비로소 담양에다 돌을 옮겨두었으나 인력이 모자라서 깎아 세우지는 못하였다. 1571년(선조 4년) 봄에 미암이 마침 전라감사에 제수되었으므로 숙원을 이룰 수 있으리라 기대하여 마음이 부풀어 있었는데, 남편은 백성의 폐단을 없애는 데만 신경 쓰고 사적인 일은 돌보지 않으면서 나에게

편지하기를, '반드시 사비를 들여 이루도록 해야 하오.'라고 하였다. 이에 내가 나의 졸렬함을 잊고 이 글을 지었으니, 남편이 읽고 감동해서 도와주기를 바라는 한편, 또 후손들에게 남겨두고자 해서이다.[137]

1571년 7월 5일 송덕봉은 〈착석문서〉와 〈착석문〉을 지어 남편에게 보냈다. 〈착석문서〉는 친정아버지의 묘에 비석을 세우려는 이유와 돌 구입 및 담양까지 옮겨놓은 과정, 남편에게 도움을 청했으나 거절당한 이유 등을 간명하게 밝힌 글이다. 여기서 '착석(斲石)이란 무덤 앞에 비석을 깎아 세운다.'는 뜻이다. 그리고 핵심은 끝부분에서 보듯, 남편이 읽고 도와주기를 바라는 간절한 마음과 후손들에게 이러한 사연을 반드시 알게 하기 위해서이다. 짧은 글이지만 비석을 세우려는 분명한 이유와 과정 등을 조리 있게 밝히고 있어 서(序)로서의 형식을 지키고 있다. 결국 이 글은 송덕봉의 친정아버지에 대한 효심이 그 바탕이라고 하겠다.

(3)〈斲石文〉-효(孝)와 부도(婦道)의 조화 속에 소망과 당당함의 이중주

〈착석문〉은 편지와 함께 송덕봉의 대표적인 산문으로서 그녀의 일면을 엿볼 수 있는 글이다. 전문을 소개하면 다음과 같다.

> 천지만물 가운데 오직 사람이 가장 귀한 것은 성현이 교화를 밝히고 삼강오륜의 도를 행하기 때문입니다. 그러나 예로부터 능히 이를 용감하게 행하는 자는 적었습니다. 이 때문에 진실로 뒤늦게나마 부모님께 효도하고 싶은 지극한 마음은 있지만, 힘이 부족해서 소원을 이루지 못하는 사람이 있으면 인인(仁人) 군자(君子)가 불쌍히 여겨 유념하여 구해주고자 하였습니다. 제가 비록 명민하지 못하지만 어찌 강령을 모르겠습니까? 그래서 어버이께 효도하려는 마음을 옛사람을 쫓아 따르고자 하는 것입니다. 당신은 이제 2품의 관직에 올라 삼대(三代)가 추증을 받고, 저 또한 고례(古禮)에 따라 정부인이 되어 조상 신령과 온 친족이 모두 기쁨을 얻었으니, 이는 반드시 선대에 선을 쌓고 덕을 베푼 보답일 것입니다. 그러나 제가 홀로 잠 못 이루고 가슴을 치며 상심을 하는 것은 옛날 돌아가신 우리 아버지께서 항상 자식들에게 말씀하시기를, '내가 죽은 뒤에 반드시 정성을 다해서 내 묘 곁에 비석을 세우도록 하라.'고 하셨는데, 그 말씀이 지금도 귀에 쟁쟁하게 남아 있기 때문입니다. 그런데도 지금까지 우리 아버지의 소원을 이루어 드리지 못하였으니 매양 이것을 생각하면 눈물이 쏟아집니다. 이는 족히 인인(仁人) 군자(君子)의 마음을 움직일만한 일입니다. 당

신은 인인(仁人) 군자(君子)의 마음을 갖고 있고 물에 빠진 사람을 구해줄 힘을 갖고 있으면서도 저한테 편지하기를, '형제끼리 사비로 하면 그 밖의 일은 내가 도와주겠다.'고 하니, 이는 무슨 마음입니까? 당신의 청렴한 덕에 누가 될까봐 그런 것입니까? 처의 부모라고 차등을 두어서 그런 것입니까? 아니면 우연히 살피지 못하여 그런 것입니까? 또 우리 아버지께서 당신이 장가오던 날 '금슬백년(琴瑟百年)'이란 구절을 보고 어진 사위를 얻었다고 몹시 좋아하셨던 것을 당신도 반드시 기억하고 있을 것입니다. 하물며 당신은 저의 지음(知音)으로서 금슬 좋게 백년해로 하자면서 불과 4~5섬의 쌀이면 될 일을 가지고 이렇게까지 귀찮아하니 통분해서 죽고만 싶습니다. 경서에 이르기를, '허물을 보면 그 인(仁)을 알 수 있다.'고 하였지만, 남들이 들어도 반드시 이 정도를 가지고 허물로 여기지 않을 것입니다. 당신은 선유(先儒)들의 밝은 가르침에 따라 비록 아주 작은 일일지라도 지극히 선하고 아름답게 하여 완벽하게 중도에 맞게 하려고 하면서 이제 어찌 꽉 막히고 통하지 않기를 어릉중자(於陵仲子)처럼 하려고 하십니까? 옛날 범중엄(范仲淹)은 보리 실은 배를 부의(賻儀)로 주어 상을 당한 친구의 어려움을 구해주었으니 대인(大人)의 처사가 어떠하였습니까? 형제끼리 사비를 들여 하라는 말은 크게 불가합니다. 저의 형제는 혹은 과부로 근근이 지탱하고 있는 자도 있고, 혹은 곤궁해서 끼니를 해결하지 못하는 자도 있으니 비용을 거둘 수 없을 뿐만 아니라 반드시 원한만 사게 될 것입니다. 『예기』에 이르기를, '집안의 있고 없는 형편에 맞추어 하라.' 하였으니 어떻게 그들을 나무랄 수 있겠습니까? 만약 친정에서 마련할 힘이 있었다면 저의 성심으로 이미 해버렸을 것입니다. 어찌 꼭 당신에게 구차스럽게 청을 하겠습니까? 또 당신이 종성의 만 리 밖에 있을 때, 우리 아버지가 돌아가셨다는 말을 듣고 오직 소식(素食)만 했을 뿐이요, 3년 동안 한 번도 제사를 지내지 않았으니 전일(前日) 장가왔을 때 그토록 간곡하게 사위를 대접해 주던 뜻에 보답했다고 할 수 있겠습니까? 이제 만약 귀찮은 것을 참고 비석 세우는 일을 억지로라도 도와준다면 구천(九泉)에 계신 선인(先人)이 감격하여 결초보은하려고 할 것입니다. 저도 당신에게 박하게 대하면서 후하게 대해 주기를 바라는 것은 아닙니다. 시어머님이 돌아가셨을 때 온갖 정성과 있는 힘을 다해 장례를 예(禮)에 따라 치루고 제사도 예(禮)에 따라 지냈으니, 저는 남의 며느리로서 도리에 부끄러운 것이 없습니다. 당신은 어찌 이런 뜻을 생각하지 않으십니까? 당신이 만약 제 평생의 소원을 이루지 못하게 한다면 저는 비록 죽더라도 지하에서 눈을 감을 수 없을 것입니다. 이 모두 지성에서 느끼어 나온 말이니 글자마다 자세히 살피시기 바랍니다.[138)]

당당하고 대범하고 간절함이 담긴 글로 논리가 정연하고 힘이 있다. 송덕봉이 시뿐만 아니라 문에도 능했음을 엿볼 수 있는 글이다. 송덕봉은 〈착석문〉을 보내면서 남편에게 좀 섭섭함이 있었던지 시 1수를 함께 보냈다. "莫誇和樂世無倫(화락함이 세상에 짝이 없다 자랑 마오) 念我須看斲石文(나를 생각해 착석문을 읽어 보시구려) 君子蕩然無執滯(君子는 광대하여 막힘이 없어야 하나니) 范君千載麥舟云(范公의 麥舟 일을 천년 뒤에 생각해 보십시오)"[139] 무심한 남편이 보낸 시에는 부부금슬만 얘기할 뿐이었다. 이에 화가 난 송덕봉이 차운시를 지어 〈착석문〉과 함께 남편에게 보냈다. 송덕봉은 남편이 전라감사로 있을 때, 친정아버지의 묘에 비석 세워줄 것을 부탁한 적이 있었다. 친정 식구들의 생활형편이 넉넉하지 못했기 때문에 부탁을 했던 것이다. 그런데 남편은 이 일을 개인 비용으로 추진하기를 원했다. 1구는 부부 화락을 자랑 말라는 남편에 대한 원망을 담고 있다. 2구는 아내를 진정으로 사랑한다면, 〈착석문〉을 읽어본 후, 소망이 이루어질 수 있도록 도와달라는 뜻이 내포되어 있다. 3구는 융통성 없는 남편에게 군자(君子)의 넓은 도량을 주지시키고 있으며, 4구는 범공(范公)의 고사를 예로 들어 그녀의 소원이 이루어지기를 갈망하고 있다. 이 시에서 송덕봉의 기지(氣志)와 대범함을 엿볼 수 있다.

위의 글에서 보듯이, 부모에게 효도하고 싶은 마음은 누구나

다 같으므로 송덕봉 자신도 옛사람들처럼 친정 부모님께 효도하고 싶은 마음을 간절하게 표출하고 있다. 그리고 자식 된 도리를 다하고 삼강오륜을 행하겠다는 의지를 분명히 밝히고 있다. 더구나 남편이 2품 벼슬에, 3대 추증까지 받고, 송덕봉 또한 정부인(貞夫人)이 되었음에도 불구하고, 친정아버지의 유언을 지키지 못하고 있으니 자식으로서 피눈물이 쏟아질 정도로 마음이 아팠다. 그런 절절한 심정 때문에 마음이 항시 편치 못한데 설상가상으로 친정 식구들까지 곤궁하여 비석을 세울 여력도 없다. 그래서 전라감사가 된 남편에게 간곡하게 부탁을 하였지만, 무심하고 완고한 남편은 사비로 하라고 하자, 송덕봉은 마침내 예의를 지키면서도 남편에게 해야 할 말을 조리 있게 언급하고 있다. 처의 부모라고 차등을 둬서 안 도와주는 건지, 돌아가신 친정아버지는 남편이 장가오던 날 훌륭한 사위를 얻었다고 너무 좋아하셨는데 그걸 알면서도 불과 네다섯 섬의 쌀이면 되는데도 남편이 귀찮아하니 송덕봉은 통분해 죽고 싶다고 하였다. 사랑하는 남편이지만 남편의 무심함과 완고함에 섭섭했던 것이다. 그녀는 범중엄의 고사까지 예를 들면서 남편에게 도움을 청한다. 그러면서 친정아버지가 돌아가셨을 때 남편은 유배지 종성에서 소식(素食)만 했고 3년 동안 제사도 안 지냈는데, 사위를 그렇게 아껴주던 장인에게 그럴 수가 있냐고 따진다. 이와 함께 비석 세우는 일을 도와준다면 돌아가신 친정아버지가 결초보은

할 것이라고 말한다. 그리고는 송덕봉은 비장의 카드를 꺼냈다. 그것은 시어머님이 돌아가셨을 때 지성을 다해 장례를 예법대로 치루고 제사도 예법대로 지냈으니 남의 며느리로서 도리에 부끄러운 것이 없다고 하면서 남편이 헤아려주기를 간곡히 부탁했다. 끝으로 송덕봉은 친정아버지 비석세우는 일이 평생의 소원으로, 이를 이루지 못한다면 죽더라도 지하에서 눈을 감을 수 없다고 하면서 모두 지성에서 느끼어 나온 말이니 한자 한자 자세히 살피기를 바란다고 비장하면서도 간절하게 부탁하였다. 송덕봉은 효(孝)와 부도(婦道)를 조화롭게 행하는 가운데 그녀의 소망과 당당함을 내비치고 있다. 마치 이중주를 감상하는 느낌이다. 친정아버지에 대한 효심과 부인으로서의 도리, 이 둘이 조화를 이루고 있다. 그러면서 친정아버지 묘에 비석세우기를 바라는 소망과 함께 남편에게 예의를 갖추면서도 당당함을 잃지 않는다. 이 글에서는 송덕봉의 당차면서도 여장부적인 면이 있는 기질도 엿볼 수 있다. 특히 아내의 도리를 지키면서 남편을 설득시키고자 노력하는 송덕봉의 자세는 오늘날의 여성들에게도 귀감이 된다. 혹자는 송덕봉에 대해 진보적이고 진취적인 인물이라고 평하는가 하면,[140] 성리학적 삶의 실현과 성리학적 지향의 인물이라고 평하기도 한다.[141] 그렇게 볼 수도 있다. 아무튼 송덕봉은 성리학적인 사고관을 벗어나기도 어렵고 성리학적 삶을 벗어나 살기도 어려운 사람이다. 그럼에도 송덕봉은 이를 지키면서도 융통성 있고 당당하고 대범했던 것으로 보인다. 그녀는 신사임당이나 허난설헌 등과는 류(類)가 다른 여성인 것 같다. 다시 말해 당시의 유교 윤리와 전통에 순응하고 따르되, 그것에 무조건적으로 맹종하는 여성도 아니요, 그렇다고 현대적 여성도 아닌 다소 전자에 가까운 절충형 여성으로 보인다. 송덕봉은 당시 유교사회에서 여성으로서 할 도리를 다 하면서 동시에 예의를 지키면서도 당당하게 자기 목소리도 낼 줄 아는 그런 인물이었던 것 같다. 그래서 요즈음 더 주목받는지도 모른다.

Ⅳ

맺음말

송덕봉은 사랑하는 남편이자 시우(詩友)요 지기(知己)였던 유희춘과 평생 동안 희로애락을 함께 했다. 그녀는 다방면에 걸쳐 뛰어난 재능을 가졌다. 특히 그녀는 사랑과 멋, 학문과 문학과 예술을 아는 여인이었다. 송덕봉은 효부(孝婦)・현모양처(賢母良妻)・여사(女士)・여류시인(女流詩人)으로서 후인(後人)의 귀감이 되었다. 뿐만 아니라 한 인간으로서 모범적인 삶의 자세를 보인 인물이었다.

뛰어난 자질과 문학적 재능, 그리고 문학적 가풍과 남편 유희춘과의 문학적 교감 등은 송덕봉 문학의 배경이 되었다. 특히 남편 유희춘과의 문학적 교감은 송덕봉 문학의 핵심적 배경이라 하겠다.

현전하는 송덕봉의 시는 24수이며, 모두 절구(絶句)이다. 송덕봉은 시작(詩作)을 생활의 일부로 여겼으며, 남편 유희춘과 함께 수창하며 교감하였다. 그러므로 시로 주고받는 부부사랑을 읊은 수창시(酬唱詩)가 가장 많은데, 이들 시들은 정감 넘치는 애정의 세계를 진솔하게 그리고 있다. 그리고 남자 못지않은 기상과 호방함, 운치와 격조, 높고 맑은 품격의 시들이 많아 주목할 만하다.

송덕봉의 시는 사랑이 주류를 이루고 있는데, 대부분의 여성 시인들과는 다른 독특한 시세계를 보이고 있어 높이 평가할 만하다.

현전하는 송덕봉의 산문은 3편(편지 1편, 문 2편)으로, 비교적 평이하면서도 논리적일 뿐만 아니라 힘과 호소력이 있다. 특히 그 문의(文義)가 분명하다. 〈유문절공부인송씨답문절공서〉에서는 사랑하는 남편에게 충고와 조언을, 〈착석문서〉에서는 친정아버지에 대한 효심을, 〈착석문〉에서는 효(孝)와 부도(婦道)의 조화 속에 소망과 당당함을 표출하고 있다.

송덕봉의 산문은 이응태 부인의 한글 편지와 허난설헌의 〈광한전백옥루상량문〉 등과 함께 현전하는 16세기 여성 산문의 몇 안 되는 작품으로 고전여성문학사적으로도 의의가 있다. 뿐만 아니라 송덕봉은 우리 고전여성문학사에서 제일 먼저 개인문집을 가진 여성문인이다.[142] 그리고 송덕봉 문학의 주제는 사랑이다.

한편, 송덕봉은 허난설헌 등과는 그 류(類)가 다른 여성으로 보이며, 당시 유교사회에서 여성으로서 할 도리를 다 하면서 동시에 예의를 지키면서도 당당하게 자기 목소리도 낼 줄 아는 그런 인물이었던 것으로 짐작된다. 그래서 요새 새롭게 주목받는지도 모른다.

이상에서 보듯, 송덕봉은 16세기의 대표적인 여성문인이자 조선시대의 대표적인 여성문인의 한 사람으로 꼽을 수 있다. 뿐만 아니라 문학과 예술을 사랑하고 삶과 문학이 일치한 송덕봉, 그녀의 여성문학사적 · 한시사적 위치는 우뚝하다고 하겠다.

V

부록

1. 송덕봉의 자손 교육

(1)머리말

송덕봉의 친정인 홍주(洪州) 송문(宋門)은 당시 여성교육에 대해 대부분 부정적이었던 다른 가문들과는 달리 딸들에게도 교육을 시켰던 것으로 보인다. 송제민(宋濟民)은 송덕봉의 친정 5촌 조카인데, 송제민의 사위 권필(權韠)이 쓴 〈해광공유사(海狂

公遺事)〉를 보면, "敎諸子甚嚴 雖女子 十歲必皆通小學・孝經・烈女傳"[143]이라고 하였는바, 송덕봉의 친정 홍주 송문에서는 여자들도 천자문・소학・내훈・열녀전・사기・통감・효경・작법(시와 문) 등을 배웠던 것 같다.[144] 뿐만 아니라 시댁인 선산(善山) 유문(柳門)에서도 여자들에게 경사(經史)와 시(詩)・문(文) 작법(作法) 등을 교육시켰던 것으로 보인다.[145]

송덕봉은 혼인을 하여서도 학문과 문학에 대한 관심은 계속되었던 것으로 짐작된다. 특히 종성에서 귀양살이를 하던 남편을 뒷바라지 하던 시기에도 남편과 함께 성리학 공부와 시작(詩作)을 했던 것으로 보인다. 그리하여 그녀는 서사(書史)를 섭렵하여 經史에 능통했을 뿐만 아니라[146] 시(詩) 작법(作法)과 시감식에도 조예가 있었던 것으로 보인다. 그런바 송덕봉은 남편의 학문연구와 저술활동을 물심양면으로 돕는 한편, 학문적으로도 도움을 주었다.[147] 뿐만 아니라 남편의 손자 교육 시 서책 선정의 잘못을 지적하여 시정하게 하였다.[148] 이처럼 송덕봉은 남편 유희춘과 자손교육에 공을 들였다. 송덕봉의 문학세계에 대해서는 앞에서 논의하였는바, 여기서는 송덕봉의 자손 교육에 대하여 간단히 살펴보고자 한다. 이는 송덕봉의 삶과 학문과 문학을 이해하는데 필요하다.

(2)송덕봉의 자손 교육

『미암일기』를 보면, 친손자 광연(光延)이 11세가 되면서부터 본격적으로 글공부를 시키는 내용이 보인다. 이러한 교육과정에서 심하게 혼을 내거나, 매를 때리는 일도 잦았던 것 같다. 그리고 10세 이상의 아동에게 바라는 어른스러움에 대한 기대는 여러 곳에 나타나 있다. 당시 유희춘이 친손자 광선(光先), 광연(光延)과 외손녀 은우(恩遇)에게 원했던 것은 부모에 대한 효성, 형제간의 우애, 존비(尊卑)의 분별, 조리 있고 단정한 언행 등이었다.[149] 이는 송덕봉도 마찬가지였다.

그러면 송덕봉과 유희춘 부부의 자손 교육내용에 대해 살펴보기로 하자. 조선 중기에 아이들이 무엇을 어떤 순서로 공부했는가에 대해 『미암일기』는 많은 시사점을 주고 있다. 『주자전서(朱子全書)』의 독서법이나 『격몽요결(擊蒙要訣)』의 독서장(讀書章)에서는 『소학(小學)』을 시작으로 하여 사서오경(四書五經)을 공부하는 순서를 제시하였다. 그런데 유희춘은 『미암선생집(眉巖先生集)』 정훈내편(庭訓內篇)에서 『소학(小學)』 이전에 아동이 배우는데 알맞은 순서를 제시하고 있다. 유희춘이 제시한 학습 순서에 따르면, 먼저 글자를 배우고 『연주시격(聯珠詩格)』을 배운 후에 『소미통감(少微通鑑)』을 읽어 문리를 깨친다. 다음으로 「정훈내편」을 읽어서 먼저 힘써야 할 것을 안다. 그 다음에는 시서대문(詩書大文)을 읽어서 후일 경학을 배우는 근본을 마련한다. 그런 연후에 『소학』과 『속몽구(續蒙求)』를 읽어서 배우기 좋아하는 마음을 일으키는 것이 그 순서라고 하였다.[150] 유희춘은 이렇게 학습의 순서를 제시하였을 뿐만 아니라 올바른 독서법에 대해서도 언급하고 있다. 책 읽는 것을 매우 좋아하고, 매번 경연(經筵)에 참여했던 유희춘은 책 읽는 올바른 순서와 방법에 있어서 그 누구보다 많은 고민을 했던 것이다. 이러한 고민은 아동 교육에까지 이어졌다. 그래서 유희춘은 『신증유합』과 『속몽구』 등의 아동 교육서를 저술하였고, 아동이 배우는 교재의 순서와 독서방법을 제시하는 등 당시 아동 교육에 많은 영향을 주었다.

그러면 실생활에서 손자들을 교육할 때에는 어땠는지 『미암일기』기사를 통해 살펴보기로 한다.

친손자 광선은 나이 10세가 되던 해에 먼저 『천자문(千字文)』과 『유합(類合)』을 통해 글자를 배웠다.[151] 『천자문』은 처음 공부를 시작하는 아동을 가르치는 교육서로 널리 쓰였다. 『천자문』을 배운 다음에는 『유합』을 배웠는데, 『유합』은 조선에서 자체적으로 편찬한 아동교육서 중에 가장 먼저 편찬된 것이다. 『유합』은 새김과 독음을 붙여 만든 초학자용 교재이다. 비록 편자와 간행연도는 밝혀져 있지 않으나, 1517년(중종 12년)에 원자(元子)가 『천자문』과 『유합』을 익혔다는 내용의 기사로 보아, 적어도 그

이전에 편찬되어 이미 교육서로 사용되었을 것이라 추정된다.[152) 『유합』을 필두로 그 뒤를 이어 『훈몽자회』, 『신증유합』, 『동몽선습』, 『격몽요결』 등과 같은 책들이 나오게 되었다. 손자 광선이 그 다음으로 배운 것은 『동몽선습』으로 12세에 6촌 형인 광문(光雯)에게서 배웠다.[153)

『동몽선습』은 우리나라 역사를 다룬 최초의 아동교육서라는 점에서 더욱 의미가 있다. 『동몽선습』은 노수신(盧守愼. 1515~1590)이 선조(宣祖) 초에 왕세자 서연(서연)의 교재로 사용할 것을 건의하여 윤허를 받은 뒤, 16세기 말엽에 전국적으로 유포되었다.

이어 광선은 16세에『시전(詩傳)』을 먼저 뗀 후, 그 다음으로 『서전(書傳)』을 배웠다.[154) 광선이 할아버지 유희춘에게 편지를 보내오기를 1월 16일에 장성(長城)에서부터 담양(潭陽)의 집으로 돌아와 『시전』을 마치고, 『서전』을 읽어 2권에 이르렀다고 하였다. 광선은 17세부터 18세까지는 『자치통감(資治通鑑)』을 배웠다.[155)

한편, 광선보다 6세 아래인 동생 광연도 거의 비슷한 과정을 밟았으나 형 광선과 다른 점도 보인다. 광연이 7세가 되던 해 유희춘은 『유합』을 찾아내어 광연에게 주고 一 二 三 四 등의 글자를 가르쳐 주었다.[156) 이때는 『유합』을 통해 본격적으로 글자를 배우기 시작한 것은 아니고 간단한 숫자 정도만 가르쳤던 것으로 보이는데, 이는 『소학』의 「입교(立敎)」에서 6세가 되거

든 숫자를 가르친다고 한 것과도 배우는 시기가 같다.[157] 광연이 본격적으로 배우기 시작하는 것은 11세 이후이다.

이상에서 유희춘 집안의 아동 교육 내용에 대하여 살펴보았다.[158] 송덕봉은 남편의 이러한 교육방침과 내용을 따랐다.

조선시대에 아동의 교육을 담당했던 사람들로는 집안 인물이 많았다. 특히 아주 어린 나이에는 외부에 교육을 맡기기 어려우므로 집안 어른들이 교육을 담당했다. 특히 송덕봉은 조선시대 사대부가의 부인들과는 달리 손자 교육에 지대한 관심을 가졌을 뿐만 아니라 직접 지도하며 열의를 보였다.

아동, 특히 남아(男兒)의 교육은 남성만이 담당했을 것이라고 생각하지만 때때로 여성이 직·간접적으로 아동 교육을 담당하기도 했다. 『미암일기』에서는 할머니인 송덕봉의 역할 또한 작지 않았다. 송덕봉은 손자가 글공부를 게을리 한다고 매를 들기도 했다[159] 그 뿐만 아니라 손자의 교육 내용과 가르치는 순서에도 상당한 관심을 보였다. 아래의 기사는 그 정황을 상세히 드러내고 있다.

> 부인이 어젯밤에 나에게 말하기를 "광연(光延)의 성격이 총명하고 글재주가 있어 『훈몽대훈(養蒙大訓)』, 『소학(小學)』 등의 책을 읽혀야 하는데 지금 『신증유합(新增類合)』 같이 어렵고 심오한 글자를 읽게 하고 있으니 마치 견고한 성 아래서 군사

의 기운만 손상시키는 격입니다. 조금 늦춰주어 문장으로 된 책을 읽히는 것이 낫지 않겠습니까?" 하니, 내가 듣고는 깨달은 바가 있었다.[160)]

위의 내용으로 보건대 송덕봉은 『훈몽대훈』, 『소학』, 『신증유합』 등과 같은 교재의 내용을 알고 있었으며, 그것이 손자의 수준에 걸맞은 것인지에 대한 의견을 제시할 정도로 학문적인 식견과 함께 상당한 관심을 갖고 있었음을 알 수 있다. 남편 유희춘이 이 말을 듣고 깨달은바가 있다고 한 것으로 보아 많은 도움이 될 만한 조언이었던 것으로 보인다. 이처럼 손주들을 교육시키는데 관여하고 직접 가르치기도 하였던 송덕봉은 손자 광연이 『신증유합』을 매우 어려워한다는 사실을 알고, 남편 유희춘에게 충고하여 『동몽수지』로 바꿔 읽게 하였던 것이다. 송덕봉이 손자 광연에게 이 책을 직접 교육시켜 보고는 책이 너무 어려운 것을 알고 남편에게 조언을 한 것이다.[161)]

송덕봉은 남편 유희춘과 더불어 손자들에게 그 행실의 작은 것이라도 크게 칭찬하고 격려해주었고, 교육과 학업에 세심하게 배려하며 교육이 가능할 수 있는 방향으로 환경을 조성하여 주었다. 특히 두 사람이 공통된 관심과 열의를 보인 대상은 손자들의 학업과 교육이었다.

(3)맺음말

송덕봉의 자손 교육에 대하여 간단히 살펴보았다. 이는 관련 자료의 부족 때문이다. 현재 송덕봉의 자손 교육에 대한 자료는 『미암일기』가 거의 유일하고, 그 자료도 적은 편이다.

아무튼 송덕봉은 조선시대 사대부가의 여자들과 달리 자손 교육에 관심과 열의가 많았을 뿐만 아니라 학문적인 지식도 상당하였던 것으로 보인다. 그러므로 직접 지도까지 하였던 것 같다.

유교적 봉건사회에서 학문과 자손 교육에 남다른 관심을 가졌고 가르치기까지 했던 송덕봉, 우리는 그녀를 주목할 필요가 있다. 뿐만 아니라 송덕봉은 문학에도 뛰어난 업적을 남겼다. 그런바 우리는 송덕봉을 재인식하고 재평가할 필요가 있다.

2. 송덕봉과 허난설헌의 시를 통해 본 삶의 모습 일고찰

(1)머리말

송덕봉(宋德峯. 1521년~1578년)과 허난설헌(許蘭雪軒. 1563~1589)은 조선 중기의 대표적인 여성시인으로, 이 두 사람은 조선시대 사대부가(士大夫家) 출신 여성시인의 시발점에 있는 대표적인 인물들이다. 그런데 이 두 사람의 삶과 문학은 다르다. 송덕봉은 남편 유희춘이 21년간 유배생활을 했지만, 금슬 좋은 행복한 삶을 살았다. 반면, 허난설헌은 부부 금슬이 그다지 좋지 않은 쓸쓸한 삶을 살았다. 이 때문인지는 몰라도 송덕봉과 허난설헌의 시세계를 살펴보면, 자신들의 삶과 연관성이 있음을 감지할 수 있다.

그러므로 본고는 송덕봉과 허난설헌의 시를 통해 나타난 그녀들의 삶의 모습의 일면을 고찰해보고자 한다. 이는 그녀들의 시세계와도 연관이 있기 때문이다. 16세기를 살았던 두 사람은 삶과 시세계에서 차별성을 보이고 있다. 그런바 송덕봉의 삶과 시세계를 제대로 파악하려면 동시대를 살았고, 삶과 시세계에서 차이를 보이고 있는 허난설헌을 논의할 필요가 있다. 그리고 이러한 비교 논의는 유교를 신봉하는 조선시대 사대부가의 대표적인 여성시인을 이해한다는 점에서도 의미가 있다고 하겠다.

논의는 먼저 송덕봉과 허난설헌의 생애를 간단히 살펴본 후, 송덕봉의 시를 통해 본 삶의 모습, 허난설헌의 시를 통해 본 삶의 모습 등을 고찰하여 두 사람의 시를 통해 삶의 모습을 비교 논의하여 마무리하는 순으로 살펴보겠다.

(2)송덕봉의 시를 통해 본 삶의 모습

송덕봉(宋德峯. 1521년~1578년)의 휘(諱)는 종개(鍾介),[162] 자(字)는 성중(成仲), 호(號)는 덕봉(德峯)이다.[163] 송덕봉은 1521년(중종 16년) 12월 20일 담양에서 부친 송준과 모친 함안(咸安) 이씨(李氏)의 둘째딸로 태어났다.[164] 어려서부터 자질과 성품이 명민하였던 송덕봉은, 성장하면서 학문과 문학에 관심을 갖고 열심히 공부를 하였다. 그리하여 그녀는 서사(書史)를 섭렵하여 경사(經史)에 통달한 여사(女士)가 되었다.[165] 뿐만 아니라 그녀는 시(詩)·문(文)에도 뛰어났다. 그런데 홍주(洪州) 송문(宋門)은 당시 여성교육에 대해 대부분 부정적이었던 다른 가문과는 달리, 여자들에게도 경사(經史)나 시·문 작법(作法) 교육을 시켰던 것으로 짐작된다.

송덕봉이 16세 때(1536년, 중종 31년), 선산(善山) 유씨(柳氏) 가문과 혼담이 오가게 된다.[166] 그녀는 이해 12월 11일, 당시 호남에서 학문과 문학으로 이름을 날렸던 8살 연상인 미암 유희춘과 혼인하게 된다.167) 혼인날 그녀의 친정아버지는 사위가 '금슬백년(琴瑟百年)'의 시구(詩句)를 짓자, 어진 사위를 얻었다고 매우 좋아하였다.168) 이후, 두 사람은 금슬 좋은 부부로 평생 동안 희로애락을 함께 하게 된다.

그녀가 18세 되는 해(1538년) 가을, 남편 유희춘이 문과(文科) 별시(別試)에 병과(丙科로) 급제하게 되자,169) 이루 말할 수 기뻤다. 뿐만 아니라 그 다음 해(19세, 1539년) 2월 6일, 아들 경렴(景濂)을 낳자,170) 그 기쁨 또한 말로 표현할 수 없었다. 얼마 후, 그녀는 한양에서 벼슬살이를 하는 남편을 뒷바라지하기 위해 시어머니 탐진(耽津) 최씨(崔氏)를 모시고 상경하였다.

송덕봉이 27세 되는 해(1547년) 9월, 남편 유희춘은 양재역 벽서사건에 무고하게 연루되어 제주(濟州)로 절도안치(絶島安置)된다.171) 이 때 유희춘을 사지(死地)로 보내려고 했던 자들에 의해 제주는 고향에 가깝다 하여 유배지를 다시 종성(鍾城)으로 옮기게 된다.172) 남편의 유배, 이는 그녀에게 실로 엄청난 충격이었다. 그러나 송덕봉은 충절을 고수하다 귀양 간 남편 유희춘을 자랑스럽게 여겼다. 그렇지만 생활형편도 어려운데다 홀로 어린 자식을 키우고 시어머니를 봉양해야 하는 송덕봉의 심정은 이루 말할 수 없었다. 그러나 그녀는 결코 좌절하거나 법도에 어긋나는 행동을 하지 않았다. 그녀는 송덕봉은 집안 살림을 손수 꾸려나가는 한편, 지극 정성으로 시어머니를 봉양하였다. 이러한 며느리의 효심에 감동한 시어머니는 유배지에 있는 아들 유희춘에게 편지를 보내 며느리를 칭찬하였다.[173]

그런데 33세 되는 1558년 2월 11일, 송덕봉은 시어머니 상을 당한다.[174] 북방의 황폐한 땅에서 유배생활을 하는 자식과 남편을 그리워하며 근심·걱정 속에서도 서로 힘이 되어 주었던 두 사람이었다. 헌데 자신을 아끼고 사랑해 주시던 시어머니의 별세는 그녀에게 매우 큰 슬픔과 충격을 주었다. 더구나 남편은 유배생활을 하는 죄인의 몸이라 올 수도 없는 처지였다. 송덕봉은 지극 정성을 다해 예법에 따라 장례를 치루는 한편, 남들에게 결코 부끄럽지 않게 행동하였다. 그래서 주위 사람들은 그녀의 지극한 효심과 예법에 따른 장례절차를 보고, '친아들이라도 이와 같이 할 수 없다.'라고 말하며 칭송하였다. 뿐만 아니라 그녀는 시어머니의 3년 상을 예법에 따라 치렀다.[175]

송덕봉은 시어머니의 삼 년 상을 마친 후, 남편을 뒷바라지하기 위해 단신으로 유배지 종성으로 찾아갔다. 그녀는 종성으로 가는 도중 다음과 같은 시를 지었다.

行行遂至磨天嶺　가고 또 가서 드디어 마천령에 이르니
東海無涯鏡面平　동해는 끝이 없어 거울처럼 평평하네.
萬里婦人何事到　부인이 만 리 길을 무슨 일로 왔는고.
三從義重一身輕　삼종 도리 무겁고 한 몸은 가볍구나.

〈磨天嶺上吟〉[176]

위의 시에서 부도(婦道)의 모범을 보이고 있는 송덕봉의 진면목을 엿볼 수 있다. 송덕봉 자신이 삼종지도(三從之道)를 지키고자 함을 내비치고 있다. 송덕봉은 시어머니 3년 상을 마치자 귀양 간 남편의 유배지인 척박한 땅 종성으로 직접 찾아 갔고, 해배될 때까지 귀양지(종성, 은진)에서 남편 유희춘과 함께 머문다. 이처럼 송덕봉은 당시의 사대부가의 부인들과는 남다른 모습을 보인다. 이 시는 후일 회자(膾炙)되어 사대부들에게 높은 평가를 받았다.

그러나 종성에 도착한 송덕봉은 오는 도중 찬바람을 많이 맞아 병이 생겨 이후, 10여 년 동안 풍한(風汗)으로 고생한다.[177] 그럼에도 불구하고 그녀는 교육과 저술, 그리고 성리학 연구에 전념하는 남편을 뒷바라지하는 한편, 틈틈이 성리학 공부와 시작(詩作)을 했던 것으로 보인다. 그녀가 이처럼 성리학 연구와 시작(詩作)을 할 수 있었던 것은 사랑하는 남편과의 학문적 · 문학적 교감 때문인 것 같다.

남편 유희춘이 해배 복직되어 한양에서 벼슬살이를 하는 동안 덕봉은 수차례 남편에게 사직을 하고 귀향하기를 권했다. 담양에서 덕봉과 노년을 보내던 남편 유희춘은 송덕봉이 57세 되는 해(1577) 3월, 다시 홍문관 부제학에 임명된다. 그는 병을 이유로 사직소를 올렸으나, 선조(宣祖)는 부제학으로서는 전례(前例)에 없는 정2품(正二品) 자헌대부(資憲大夫)를 제수하였다.[178] 4월

21일, 유희춘은 상경하여 성은(聖恩)에 감사드리고 다시 사직을 청하기 위해 대곡리 집을 출발하였다.[179] 그녀는 이 날 이후, 다시는 남편을 만날 수 없게 되었다. 5월 15일, 한양에 올라온 유희춘은 노열(勞熱)이 발생하여 별세하고 만다. 송덕봉은 남편의 별세 소식을 듣고 너무나도 큰 슬픔과 충격을 받았다. 아내 송덕봉을 평생 동안 존중하고 아끼고 사랑하면서 희로애락을 함께 했던 유희춘, 그는 사랑하는 아내 곁을 영원히 떠나고 말았다.

사랑하는 남편을 잊지 못하던 송덕봉은, 1578년 1월 1일 끝내 별세하고 만다.[180] 그녀는 사랑하는 임 유희춘 곁으로 갔다. 이때가 그녀의 나이 58세였다.

송덕봉은 여성시인으로서 명성이 자자했지만, 한 가정에서는 효부(孝婦)요, 현모양처(賢母良妻)였다. 부도(婦道)의 모범을 보인 그녀는, 명민(明敏) · 현숙(賢淑)하고 자상했을 뿐만 아니라, 수완도 있었다. 또한 그녀는 신의를 중하게 여겼으며 대범하였다. 그리고 그녀는 남편을 극진히 공경하는 가운데 할 말도 하면서 은근하게 조언을 했으며, 항상 여자로서의 본분을 잃지 않았다. 송덕봉은 당시 유교를 국시로 하는 시대에서 이를 지키면서도 한편으로는 자신, 여자로서의 자존(自尊)을 찾으려고 노력하였던 것으로 보인다. 그런바 당시의 상황과 현실에 맹종하는 여자들, 특히 사대부가의 부인들과는 남다른 송덕봉의 면모를 엿볼 수 있다. 필자는 이를 높이 평가할 필요가 있다고 본다.

그러면 남편, 자식 등과 관련된 시를 통해 송덕봉의 삶의 모습을 살펴보기로 하자.

三十年前舍　삼십년 전의 집에
如今並轡還　이제야 나란히 말고삐를 잡고 돌아왔네.
東堂新洒落　東堂이 새로 시원하게 지어졌으니
君可舍簪閑　당신은 벼슬을 버리고 한가로이 지내시구려.

〈詠東堂贈眉巖〉[181](송덕봉)

四十年前夢　사십년 전 꿈이
如今驗始還　이제야 돌아와 비로소 징험을 하는구나.
新堂春色至　새로 지은 집에 봄빛이 이르렀으니
同樂太平閑　함께 태평시절을 누립시다.

〈次韻〉[182](유희춘)

1575년 11월 겨울, 송덕봉은 21년 동안 억울하게 귀양살이를 하고 해배・복관되어 한양에서 벼슬살이를 하다가 휴가를 얻어 담양의 옛집으로 내려온 남편과 함께 새로 개축한 집을 보고 감회가 남달라 시를 주고받았다. 30년이나 된 집, 더구나 개축까지 한 집에 와서 느끼는 감정은 이루 형언할 수 없었다. 그래서 송덕봉은 남편에게 벼슬을 관두고 고향 새 집에서 함께 노년을 보내자고 권하고 있다. 4구의 '君可舍簪閑'은 이에 대한 표현으로 은근하면서도 애정이 담겨져 있다. 그러자 유희춘 또한 '同樂太平閑'으로 답하고 있다.(이때 유희춘은 사직 상소를 올렸음) 여기서 두 사람의 부부애를 엿볼 수 있다. 시로써 주고받는 참으로 운치 있는 표현이라 하겠다. 이들 부부가 진정으로 바라는 것은 '夫婦和樂'이다.[183] 이처럼 시로써 교감・소통하는 두 사람은 금슬 좋은 부부였으며,[184] 詩友였다. 부부가 시로써 주고받는 애정 어린 표현은 조선시대뿐만 아니라 현재에서도 매우 보기 드물지 않을까?

시로 주고받는 부부사랑의 작품은 대부분의 규방여인이나 다른 여성시인들이 읊는 교화적 성격의 가정적 성향의 시들과는 달리, 송덕봉은 주로 남편과의 정감 넘치는 애정의 시세계를 보이고 있어 눈길을 끈다. 특히 대부분의 규방시가 지니고 있는 남편에 대한 '기다림의 한' 혹은 '그리움' 등으로 일관되어 있는 점과 비교해 볼 때, 대조적인 시풍을 지닌 작품들이 비교적 많다.

今日重陽會　오늘은 重陽節 모임인데
眞嫌菊未開　참으로 국화가 안 피어 서운하구나.
吾兒雖末職　내 아들이 비록 말직이기는 하지만
猶勝白衣來　그래도 白衣로 온 것보다는 낫구나.

〈重陽日族會〉[185]

重陽日(1571년 이후. 9월 9일)에 가족들이 모두 모였다. 외아들 景濂도 집으로 왔다. 비록 음직으로나마 참봉 벼슬을 하는 처지지만, 그래도 백면서생으로 온 것보다는 나았다. 여기서 가족모임이 흔했던 것으로 보이며, 가족 간의 유대와 사랑을 짐작할 수 있다. 그 기쁨 이루 말할 수 없을 것이다. 그리고 2구를 보면, 계절의 멋과 운치를 아는 송덕봉의 일면을 엿볼 수 있다. 특히 4구를 보면, 모든 어머니가 다 그렇겠지만, 송덕봉의 母情을 느낄 수 있다. 아들이 벼슬을 안 한 것보다는 비록 아주 낮은 벼슬일지라도 하는 것이 낫다고 한 어머니로서의 송덕봉의 심정을 엿볼 수 있다. '勝白衣'는 이 같은 심정을 여실히 잘 드러내고 있다. 자식에 대한 사랑을 곡진하게 그린 시이다.

三冬宜凍沍　겨울 석 달은 마땅히 추워야겠지만
春日又何寒　봄날인데도 어찌 차가운고.
如今佳節會　지금 같이 좋은 계절에 모이니
和氣滿靑山　和氣가 靑山에 가득하구나.

〈四月八日與尹壻光龍小酌〉186)

4월 8일 사위와 종손자(유희춘의 형 유성춘의 손자)가 찾아와 함께 술을 마셨다. 지난해(1569년) 겨울에는 집안에 홍역이 돌고, 노비가 열병을 앓아 자식과 친척들의 건강이 궁금했었는데, 이날 사위와 종손자 두 사람을 만나보니 마음이 놓였고 안심이 되었다. 그런바 2句의 '何寒'의 시어에서 보듯, 겨울 추위가 굉장했음을 알 수 있다. 그래서 송덕봉은 홍역과 열병, 혹한 때문에 자손과 친척들의 건강을 걱정하였던 것이다.[187] 그런데 4월 8일, 좋은 계절에 온화한 기운이 푸른 산에 가득하니 근심이 더 더욱 사라지는 듯했다. 여기서 사위와 종손자에 대한 사랑을 엿볼 수 있다.

송덕봉의 자식과 친척에 대한 사랑의 시는 대부분 평이(平易) 하지만 매우 곡진하게 표현하고 있다. 그러나 송덕봉은 자식과 친척들을 사랑하였지만, 겉으로 대놓고 드러내지는 않았다.

(3)허난설헌의 시를 통해 본 삶의 모습

허난설헌(許蘭雪軒. 1563-1589)은 조선 중기인 1563년(명종18)에 외가인 강릉 초당에서 태어나 1589년(선조22) 27세에 짧은 생을 마감한 여성 시인이다.

허난설헌의 본관은 양천(陽川) 허씨, 이름은 초희(楚姬), 호(號)는 난설헌(蘭雪軒), 자(字)는 경번(景樊)이다. '초희'라는 이름은 장성해서까지 사용되었는지는 밝혀지지 않았다. '경번'이라는 자는 허난설헌 자신이 중국에서 옛 부터 전해져온 여선(女仙)인 번부인(樊夫人)을 사모하여 지은 것이라고 한다.

허난설헌은 강릉의 명문가였던 양천 허씨 가문에서 경상도 관찰사 등을 지낸 아버지 허엽과 어머니 강릉 김씨 슬하에 둘째 딸로 태어났다. 허난설헌의 어머니는 허엽의 둘째 부인이다. 허엽은 첫째 부인인 한씨 사이에 두 딸과 아들 허성(許筬)을 두었고, 김씨 부인과의 사이에는 허봉(許篈), 허난설헌(許蘭雪軒), 허균(許筠) 등 2남 1여를 두었다.

허난설헌은 큰오빠 허성과는 열다섯 살 차이가 났으며, 둘째 오빠 허봉과는 열두 살 아래였다. 동생 허균은 허난설헌보다 여섯 살 어리다. 허난설헌의 집안은 아버지와 자녀들이 모두 문장에 뛰어나 세상 사람들은 이들을 허씨 5문장(허엽, 허성, 허봉, 허난설헌, 허균)이라 불렀다. 허난설헌의 총명함은 익히 알려져 있었다. 오빠인 허봉과 동생인 허균 사이에서 어깨너머로 글을 배우기 시작한 그녀는 아름다운 용모와 성품이 뛰어난데다 문학적 재능까지 겸비하였다. 허난설헌은 허씨 가문과 친교가 있던 이달(李達)에게서 본격적으로 시를 배웠다.

15세에 안동(安東) 김문(金門)의 김성립(金誠立)과 혼인하였는데, 김성립은 허난설헌보다 한 살 위다. 그의 아버지 김첨이 문과에 급제한 후 호당에서 공부했기 때문에 마찬가지로 호당에서 공부했던 허난설헌의 작은오빠 허봉과 가까워져 혼담이 오고 갔던 것이다. 그러나 김성립은 여러 가지 면에서 허난설헌의 남편으로서는 미치지 못했던 것으로 보인다. 그리고 김성립은 나름대로 문장을 했지만, 허난설헌의 경지에는 못 미치었던 것 같다. 남편 김성립은 외모가 잘 생기지 않았고 학문에 그다지 뜻이 없었던 것 같다. 그러다가 1589년(선조 22), 즉 허난설헌이 죽은 후, 28세가 되어서야 증광문과(增廣文科)에 병과로 급제하였다. 남편 김성립은 허난설헌이 살아있을 때는 한낱 진사(進士)로 노류장화의 풍류생활을 즐겼다. 이에 대한 일화로 김성립이 공부하러 간답시고 집을 나가서는 접(接)에서 공부하기보다는 애첩과 놀기만 한다는 소문이 돌자 이 소식을 들은 허난설헌이 남편에게 "옛날의 접은 유능한 사람이 많더니 오늘의 접은 재주 없는 자만 있다"라고 하였다. 허난설헌이 죽고 난 뒤, 김성립은 후처로 남양 홍씨(南陽洪氏)를 맞아들였다. 하지만 그의 나이 31세 때 임진왜란이 일어나 의병으로 싸우다 사망하였다 .당시 그의 벼슬은 정9품의 홍문관저작(弘文館著作)이었다. 시체를 찾지 못해 의복으로만 장례를 치렀다고 한다.

허난설헌의 결혼생활은 남편과 원만한 사이도 아니었을 뿐만 아니라, 유교적 여성 윤리에 충실하지 않았기에 유교적 이념을 규범으로 알고 살아온 시어머니와의 불화도 끊이지 않았고, 설상가상으로 슬하의 두 남매를 모두 잃고, 게다가 임신 중의 아이까지 잃는 아픔을 겪게 되는 등 고통과 슬픔의 연속이었다. 결국 그녀는 삶의 의욕마저 잃고 독서와 시작(詩作)으로 울분과 고뇌를 달랬던 것으로 보인다. 그래서인지 허난설헌의 시에 가장 많이 등장하는 시어(詩語)는 '꿈'이다. 아무리 뛰어난 재능을 가지고 있다 한들 여자라는 이유 하나만으로 뜻을 펼 수 없었던 세상, 삼종지도와 칠거지악으로 대변되는 남성 중심의 사회구조 속에서 겪어야만 했던 고통과 슬픔의 나날을 보내며 꿈의 세계를 그리워하다 27살의 나이로 짧은 생을 마감했다. 비운의 여성, 여성시인이라 할 수 있다.[188] 이런 점에서 본다면 허난설헌의 생애는 송덕봉과 다르다고 하겠다.

그러면 남편, 자식 등과 관련된 시를 통해 허난설헌의 삶의 모습을 알아보기로 하자.

錦帶羅裙積淚痕	비단 띠 비단 치마엔 눈물 자국 흥건하고
一年芳草恨王孫	일 년 살이 고운 풀 왕손을 한(恨)합니다.
瑤箏彈盡江南曲	아쟁 당겨 강남곡(江南曲)을 한바탕 타고 나니
雨打梨花晝掩門	비는 배꽃을 때리는데 문은 낮에도 닫아 있네.

〈閨怨 其 一〉

月樓秋盡玉屛空	달빛 다락에 가을이 다하니 옥 병풍 쓸쓸하고
霜打蘆洲下暮鴻	갈대밭에 서리 내리니 저녁 기러기 날아드네.
瑤瑟一彈人不見	거문고 뜯어본들 사람은 보이지 않고
藕花零落野塘中	들 가의 연못에는 연꽃만 시들었구나.

〈閨怨 其 二〉[189]

허난설헌은 임이 떠난 빈방에 홀로 남아 자신의 내면에 한(恨)만 서리서리 쌓인 눈물겨운 모습을 시로 표출시키고 있다. 한편의 고독하고 슬픈 영상을 보는 것 같은 느낌이 든다.

허난설헌이 지은 〈규원가(閨怨歌. 일명 원부가(怨夫歌)〉라는 가사가 전하는데 그 내용을 보면, 소녀 시절에는 곱게 자라서 군자(君子)의 배필이 되기를 원했으나, 월하(月下)의 인연은 장안유협경박자(長安遊俠輕薄子)를 만나게 하여 사랑하는 임은 외도(外道)로 자기에게 돌아오지 않는다는 것이다. 처음에는 자신이 나이가 들게 됨에 따라 임이 자신을 사랑하지 않는 것이라고 자탄(自嘆)한다. 그러다가 돌아오지 않은 임 때문에 갖는 외로움이 펼쳐지고 사(詞)가 이어지니, 규원가〈閨怨歌〉에서의 원사(怨詞)가 압축 표현된 것이 위의 시이다.

기(其) 1의 2구 '일년방초(一年芳草)'는 해마다 봄이 되면 돋아나 푸른데 한번 간 왕손(王孫)은 돌아오지 않는다는 것이다. 곱게 단장한 모습이지만 가슴에는 슬픔 뿐, 눈물이 비단 치마에 흥건히 얼룩진 모습을 내비치고 있다. 상사(相思)의 노래인 강남곡(江南曲)을 뜯어보지만 기다리는 마음은 공허하기만 할 뿐, 마침내 기(其)2의 4구에서는 구애의 매개물로서 아름다움의 영상으로 나타났던 연꽃은 시들어 제 모습을 잃었음을 한스럽게 드러내고 있다. 〈규원 기 1〉에서 배꽃 피는 봄은 〈규원 기 2〉에서 서리 내리는 가을로 시간 이동을 하지만, 규방의 여인에게는 한정된 공간에서의 이동조차 불가능하고 기다림의 고통도 변함이 없을 뿐이다. 그리하여 허난설헌의 의식에는 그리움과 한(恨)이 깊숙이 자리 잡게 되고, 결국 남편에 대한 원망과 불만을 시로 은근히 내비치고 있다.

空舲灘口雨初晴　공령유람선 여울 가에 비가 막 개니
巫峽蒼蒼煙靄平　무협이 안개 깔린 속에 어슴푸레 하네.
長恨郎心似潮水　한스러워라 임의 마음 밀물과 같아서
早時纔退暮時生　아침에 잠깐 물러갔다 저물 무렵 다시 오네.

〈竹枝詞 其 一〉190)

〈죽지사〉는 남녀 관계나 풍속에 관한 시를 지을 때 많이 쓰이는 소재이다. 작은 화려한 배를 타고 여울에 다다르자 비가 개는데, 무협 골짜기에는 안개가 평평하게 깔려 있다. 이는 눈물은 그쳤지만, 개운한 마음이 드는 것이 아니라 아직도 슬픔의 감정이 마음속을 차지하고 있다는 것을 표현한 것으로 보인다.

3구의 '랑(郎)'은 남편을 가리키는데, '사조수(似潮水)' 즉, '조수와 같다'라고 하여 임의 변덕스러움을 내비치는 듯하다. 그래서 3 · 4구에서 밀물 · 썰물 같은 남편의 변덕스러움에 불만을 표출시키고 있다고 하겠다. 이러한 부부간의 생활 패턴에 대 해 허난설헌은 외로움과 함께 남편에 대한 불만족스러운 심사를 드러내고 있다.

그러나 한편으로는 나가더라도 일정한 시간이 되면 꼭 돌아오는 조수처럼 남편인 임도 그랬으면 좋겠다는 마음도 내포되어 있을 수 있다. 조수와 같으면 떠나 간 임의 마음이 언제 돌아올지 기약을 할 수 있기에 기다림이 비록 고통스럽지만은 참을만하다. 그러나 허난설헌은 이 시를 통해 종당에는 기약할 수 없는 임의 마음이라 안개가 가득 깔린 것 같은 근심 가득한 심정을 내비치고 있다.

부부금슬이 좋다면 위의 시들처럼 그런 내용이 표출되지 않을 것이다. 여기서 허난설헌과 남편 김성립이 원만하지 못한 부부생활을 하고 있음을 짐작할 수 있다.

去年喪愛女　지난해는 귀여운 딸을 잃었고
今年喪愛子　금년에는 사랑스러운 아들을 잃었네.
哀哀廣陵土　슬프고 슬픈 광릉 땅아!
雙墳相對起　두 무덤 나란히 만들어졌네.
蕭蕭白楊風　무덤가 백양나무에서 스산한 바람 일고
鬼火明松楸　도깨비불 무덤가를 비추네.
紙錢招汝魂　지전을 불살라 너희 혼을 부르고
玄酒奠汝丘　맑은 물로 너희 무덤에 올린다.
應知第兄魂　아마도 너희 남매의 혼이

夜夜相追遊　밤마다 서로 어울려 노닐겠구나.

縱有服中孩　뱃속에 아이 있지만

安可冀長成　어찌 장성하길 바라겠느냐?

浪吟黃臺詞　부질없이 애도의 노래 읊조리니

血泣悲呑聲　비통한 피눈물이 목을 매이는구나.

〈哭子〉[191)]

허난설헌은 자신보다 먼저 죽은 자식 남매의 무덤 앞에서 통곡할 수 밖에 없는 어머니의 모습을 절절하게 내비치고 있다. 지난해와 올해 번갈아 딸과 아들을 잃은 허난설헌, 그 슬픔과 아픔 이루 말할 수 없었다. 이 시는 허난설헌의 그러한 마음을 매우 잘 드러내고 있다. 어머니로서 자식의 죽음을 애도하는 마음이 잘 나타난 시로 허난설헌의 슬픔과 아픔, 절망감을 여실히 드러내고 있다.

사랑하는 자식의 죽음은 인간이 체험할 수 있는 슬픔 가운데 가장 비극적인 것이다. 따라서 어머니로서 자식을 잃었다는 것은 죽음과 같은 생활을 의미 한다. 이미 두 자녀를 잃은 어머니에게 뱃속에 새로운 아이가 있음에도 그 자식을 잘 키울 자신이 없을 것 같다는 심사도 엿보인다. 자녀를 잃었기 때문에 그러한 마음을 드러낸 것이다. 허난설헌은 시를 통해 통한(痛恨)의 피눈물을 흘리고 있다.

자식을 잃고 애통해 하는 모습을 표현한 이 시는 애상(哀傷)의 결정체라 할 수 있을 것이다. 자식을 잃은 어머니의 한을 어찌 말로 다 표현할 수 있을까? 이 시는 제목과 1~14구에서 보듯, 어머니인 허난설헌의 절절한 아픔과 그리움을 극명하게 표출시키고 있다. 〈곡자(哭子)〉는 허난설헌의 대표적인 시들 중에 하나라 할 수 있다.

(4)맺음말

지금까지 송덕봉과 허난설헌의 생애를 간단히 살펴보고, 두 사람의 시를 통해 삶의 모습을 고찰하였다. 앞에서 논의한 사항들을 요약하여 마무리 하겠다.

송덕봉은 남성 중심의 당시 사회에서 이를 수용하면서도 나름대로 자신의 자존과 정체성을 찾으려고 했다면, 허난설헌은 유교적 여성 윤리를 요구하는 당시의 사회구조에서 적응하기 어려웠던 것으로 보인다. 이렇게 된 송덕봉과 허난설헌 두 사람의 대비되는 삶의 결정적 요인들 중의 하나는 남편과의 부부금슬도 연관이 있는 것으로 보인다. 어쨌든 송덕봉과 허난설헌 두 사람은 유교적 윤리사상의 수용에 차별성을 드러낸 것으로 보인다. 특히 허난설헌은 당시의 사회에서는 적응하기가 쉽지 않았던 것 같다. 그런 점에서 본다면 송덕봉의 생애가 더 행복하지 않았을까?

송덕봉은 조선시대 사대부가 출신 여성시인으로서는 선구자격이라 할 수 있고, 허난설헌은 대표적인 여성시인이라는데 주목할 필요가 있다. 현재 학계에 시인으로서는 허난설헌이 송덕봉 보다 더 알려졌지만,[192] 삶의 모습이나 대처 등에 있어서는 송덕봉이 허난설헌 보다 더 좋아 보인다. 이는 시를 통해서도 확인할 수 있다.

두 사람의 시를 통해 본 삶의 모습을 살펴보면, 송덕봉의 경우, 시를 통해서 남편과 자식·가족에 대한 사랑, 화목 등의 삶의 모습을 엿볼 수 있었다. 반면에 허난설헌의 경우, 고독, 그리움, 한(恨) 등의 삶의 모습을 감지할 수 있었다. 이처럼 송덕봉과 허난설헌 두 사람은 시를 통한 삶의 모습을 통해서도 차이를 드러내고 있다.

3. 자료 : 한시와 산문 원문 및 국역

〈한시〉

行行遂至磨天嶺　가고 또 가서 드디어 마천령에 이르니

東海無涯鏡面平　동해는 끝이 없어 거울처럼 평평하네.

萬里婦人何事到　부인이 만 리 길을 무슨 일로 왔는고?

三從義重一身輕　삼종 도리 무겁고 한 몸은 가볍구나.

〈磨天嶺上吟〉[193]

菊葉雖飛雪　국화잎에 비록 눈발은 날리오나

銀臺有煖房　銀臺엔 따뜻한 방이 있겠지요.

寒堂溫酒受　차가운 방에서 따뜻한 술을 받아

多謝感充腸　창자를 채우니 고마움 그지없어라.

〈次韻〉[194]

天公爲送三山壽　하느님이 三山壽를 보내 주시고

地祇爭輸百世榮　地神도 百世의 영화를 주셨네.

滿廩盈倉非我願　창고가 가득함이 나의 소원 아니요

鴛鴦和樂乃丹誠　부부 화락함이 진정한 바램이라오.

〈端午與吳姊會新舍 其二〉[195]

莫誇和樂世無倫　화락함이 세상에 짝이 없다 자랑 마오.
念我須看斲石文　나를 생각해 斲石文을 읽어 보시구려.
君子蕩然無執滯　君子는 광대하여 막힘이 없어야 하나니
范君千載麥舟云　范公의 麥舟 일을 천년 뒤에 생각해 보십시오.

〈次眉巖韻〉[196]

春風佳景古來觀　봄바람 아름다운 경치 예로부터 보는 것이요
月下彈琴亦一閑　달 아래서 거문고 타는 것도 하나의 한가로움 이지요.
酒又忘憂情浩浩　술은 또 근심을 잊게 하고 情을 넓고 크게 하는데
君何偏癖簡編間　당신은 어째서 서책 사이에서 편벽된 생각만 하십니까?

〈答夫人〉[197]

君詩夸詫無謙讓　당신의 詩 자랑 겸양이 없는데
清淨那同湘水秋　맑기가 어떻게 湘水의 가을 같습니까?
除却少年雲雨夢　젊은 시절 색욕을 없애버리고
無心事物果無儔　사물에 무심하면 과연 짝이 없을 것입니다.

〈戲和眉巖韻〉[198]

黃金橫帶布衣極 황금 띠를 띠었으니 포의로는 극진한 영화
退臥茅齋養氣何 돌아와 초당에 누워 건강을 돌보심이 어떠한지요?
爵祿可辭曾有約 벼슬은 사양할 수 있다고 일찍이 약속하셨으니
遊庭見月待還家 뜰에서 달을 보며 돌아오시길 기다립니다.

〈眉巖升嘉善作〉[199]

自比元公無物欲 元公이라 자처하며 물욕이 없다 하시더니
如何耿耿五更闌 어찌하여 오경까지 시름겨워 하시나요?
玉堂金馬雖云樂 玉堂金馬가 비록 즐겁다 한들
不若秋風任意還 가을바람에 마음대로 돌아다님만 같지 않겠지요.

〈自比元公〉[200]

雪中白酒猶難得 눈 속이라 막걸리도 구하기 어렵거늘
何況黃封殿上來 하물며 대궐에 계신 임금님께서 노란 술 내려주셨네.
自酌一盃紅滿面 손수 따른 술 한 잔에 불그레한 얼굴
與君相賀太平廻 당신과 함께 태평이 돌아옴을 축하합니다.

〈贈眉巖〉[201]

今日重陽會　오늘 重陽(9월 9일)의 모임인데
眞嫌菊未開　국화가 안 피어 참으로 서운하구나.
吾兒雖末職　우리 애가 비록 말직이기는 하지만
猶勝白衣來　그래도 白衣로 온 것보다는 낫구나.

〈重陽日族會〉[202]

三冬宜凍沍　겨울 석 달은 마땅히 추워야겠지만
春日又何寒　봄날인데도 어찌 차가운고!
如今佳節會　지금 같은 佳節에 모이니
和氣滿靑山　和氣가 靑山에 가득하구나.

〈四月八日與尹壻光龍小酌〉[203]

淸風生雨後　맑은 바람은 비온 뒤에 생기고
皓月露雲間　밝은 달은 구름사이로 드러난다.
促織雖嗚咽　베 짜기를 재촉하니 비록 목메 우는 소리를 내지만
今宵幸得閑　오늘밤은 다행히 한가롭구나.

〈八月十二日夜卽景〉[204]

一雙仙鶴唳淸霄　한 쌍의 선학이 맑은 밤하늘에서 우니
疑是姮娥弄玉簫　달 속의 항아가 옥 통소를 보는 듯하다.
萬里浮雲歸思地　만 리의 뜬 구름 흩어져 돌아간 곳에

滿庭秋月刷鷳毛　온 뜰에 비치는 가을 달은 백한 털로 닦아 놓은 듯.

〈偶吟〉205)

菊葉雖飛雪　국화잎에 비록 눈발은 날리오나
銀臺有煖房　銀臺엔 따뜻한 방이 있겠지요.
寒堂溫酒受　차가운 방에서 따뜻한 술을 받아
多謝感充腸　창자를 채우니 고마움 그지없어라.

〈次韻〉206)

三十年前舍　삼십년 전의 집에
如今並轡還　이제야 나란히 말고삐를 잡고 돌아왔네.
東堂新洒落　東堂이 새로 시원하게 지어졌으니
君可舍簪閑　당신은 벼슬을 버리고 한가로이 지내시구려.

〈詠東堂贈眉巖〉207)(송덕봉)

四十年前夢　사십년 전 꿈이
如今驗始還　이제야 돌아와 비로소 징험을 하는구나.
新堂春色至　새로 지은 집에 봄빛이 이르렀으니
同樂太平閑　함께 태평시절을 누립시다.

〈次韻〉208)(유희춘)

今日重陽會　오늘은 重陽節 모임인데

眞嫌菊未開　참으로 국화가 안 피어 서운하구나.

吾兒雖末職　내 아들이 비록 말직이기는 하지만

猶勝白衣來　그래도 白衣로 온 것보다는 낫구나.

〈重陽日族會〉[209]

三冬宜凍沍　겨울 석 달은 마땅히 추워야겠지만

春日又何寒　봄날인데도 어찌 차가운고.

如今佳節會　지금 같이 좋은 계절에 모이니

和氣滿靑山　和氣가 靑山에 가득하구나.

〈四月八日與尹壻光龍小酌〉[210]

一雙仙鶴唳淸霄　한 쌍의 仙鶴이 맑은 밤하늘에서 우니

疑是姮娥弄玉簫　월궁의 항아가 옥퉁소를 부는 듯하네.

萬里浮雲歸思地　萬里의 뜬구름 돌아간 곳에

滿庭秋月刷鷗毛　뜰에 가득 비친 가을 달빛이 하얀 털로 쓸어 놓은 듯하네.

〈偶吟〉[211]

淸風生雨後　시원한 바람은 비온 뒤에 불어오고

皓月露雲間　밝은 달은 구름사이로 드러난다.

促織雖嗚咽　베 짜기를 재촉하는 소리 목메 우는 듯하더니

今宵幸得閑　오늘밤은 다행히 한가롭구나.

〈八月十二日夜卽景〉[212]

天地雖云廣　천지가 비록 넓다고 하지만

幽閨未見眞　깊은 규방에서는 진짜 모습을 볼 수가 없네.

今朝因半醉　오늘 아침 반쯤 취하고 보니

四海闊無津　四海가 넓어서 끝이 안 보이네.

〈醉裏吟〉[213]

顓頊燈前送　顓頊을 등불 앞에서 보내고

勾芒夜半來　勾芒은 밤중에 온다.

滿堂新賀客　집에 가득한 新年 賀客들

皆是兩眉開　모두 두 눈썹이 열린다네.

〈乙亥除夜〉[214]

〈산문〉

〈柳文節公夫人宋氏答文節公書(유문절공부인송씨답문절공서)〉

삼가 엎드려 편지를 보니 갚기 어려운 은혜라고 스스로 자랑하셨는데 우러러 감사하기 그지없습니다. 다만 듣건대 군자가 행실을 닦고 마음을 다스리는 것은 본래 성현의 가르침을 따르기 위한 것이지 어찌 아녀자를 위해 힘쓰는 것이겠습니까? 마음이 안정되어 물욕에 유혹되지 않으면 자연 잡념이 없어지는 것이니 어찌 규중 아녀자의 보은을 바라겠습니까? 3~4개월 동안 홀로 지낸 것을 가지고 고결한 척하며 덕을 베푼 생색을 낸다면 반드시 담담하거나 무심한 사람은 아닐 것입니다. 마음이 편안하고 깨끗해서 밖으로 화려한 유혹을 끊어버리고 안으로 사념이 없다면 어찌 꼭 편지를 보내 공을 자랑해야만 알겠습니까? 곁에 자기를 알아주는 벗이 있고, 아래로는 권속과 노복들의 눈이 있으니 자연 공론이 퍼질 것이거늘 굳이 애써서 편지를 보낼 필요가 있습니까? 이렇게 볼 때 당신은 아마도 겉으로만 인의를 베푸는 척하는 폐단과 남이 알아주기를 서둘러 바라는 병폐가 있는 듯합니다. 제가 가만히 살펴보니 의심스러움이 한량이 없습니다. 저도 당신에게 잊을 수 없는 공이 있으니 소홀히 여기지 마십시오. 당신은 몇 달 동안 혼자 지낸 것을 가지고 매양 편지마다 구구절절 공을 자랑하지만, 60이 가까운 몸으로 그렇게 홀로 지내는 것은 당신의 건강을 유지하는데 크게 유리한 것이지 저에게 갚기 어려운 은혜를 베푼 것은 아닙니다. 비록 그렇기는 하나 당신이 도성 사람들이 모두 우러러보는 높은 관리로서 수개월 동안이라도 혼자 지내는 것 또한 보통 사람들이 어렵게 여기는 일이기는 합니다. 저는 옛날 시어머님의 상을 당했을 때 사방에 돌봐주는 사람 하나 없고, 당신은 만리 밖으로 귀양 가 있어 그저 하늘을 향해 울부짖으며 통곡만 할 뿐이었습니다. 그러나 저는 지극 정성으로 禮에 따라 장례를 치러 남들에게 부끄러울 것이 없었고, 곁에 있는 사람들이 '묘를 쓰고 제사를 지내는 것이 비록 친자식이라도 이보다 더 할 수는 없다.'고 하였습니다. 삼년상을 마치고 또 만 리 길을 나서 온갖 어려움을 무릅쓰고 찾아간 일을 누가 모르겠습니까? 제가 당신에게 이렇게 지성을 바쳤으니 이것이야말로 잊기 어려운 일일 것입니다. 당신이 몇 달 동안 홀로 지낸 일과 제가 한 몇 가지 일을 서로 비교한다면 어느 것이 가볍고 어느 것이 무겁겠습니까? 원컨대 당신은 영원히 잡념을 끊고 기운을 보전하여 수명을 늘리도록 하십시오. 이것이 제가 밤낮으로 바라는 바입니다. 그러므로 저의 뜻을 이해하고 살펴주시기를 엎드려 바랍니다. 송씨 아룀.

伏見書中自矜難報之恩 仰謝無地 但聞君子修行治心 此聖賢之明敎 豈爲兒女子而勉强耶 若中心已定 物欲難蔽 則自然無査滓 何望其閨中兒女之報恩乎 三四月獨宿 謂之高潔有德色 則必不澹然無心之人也 恬靜潔白 外絶華采 內無私念 則何必通簡誇功 然後知之哉 傍有知己之友 下有眷屬奴僕之類 十目所視 公論自布 不必勉强而通書也 以此觀之 疑有外施仁義之弊 急於人知之病也 荊妻耿耿私察 疑慮無窮 妾於君 亦有不忘之功 毋忽焉 公則數月獨宿 每書筆端 字字誇功 但六十將近 若如是獨處 於君保氣 大有利也 非妾難報之恩也 雖然群居貴職 都城萬人頃仰之時 雖數月獨處 此亦人之所難也 荊妻昔於慈堂之喪 四無顧念之人 君在萬里 號天慟悼而已 至禮誠葬 無愧於人 傍人或云 成墳祭禮 雖親子無以過 三年喪畢 又登萬里之路 間關涉險 孰不知之 吾向君如是至誠之事 此之謂難忘之事也 公爲數月獨宿之功 如我數事相肩 則孰輕孰重 願公永絶雜念 保氣延年 此吾日夜顒望者也 然意伏惟恕察 宋氏白

〈斲石文序(착석문서)〉

남편 미암(유희춘)이 종성에서 귀양살이를 한 지 19년만인 1565년(명종 20년) 12월에 임금의 은혜를 입어서 1566년 봄에 은진으로 유배지를 옮기게 되어 내가 또한 모시고 돌아와 함께 지내었다. 구사일생으로 살아남은 중에도 내가 오직 바라는 것은 친정 선영의 곁에 비석을 세우는 일이었는데, 마침 은진에서 생산되는 돌의 품질이 비석 감으로 가장 좋아 즉시 석공을 불러 값을 주고 사서 배에 실어 보내 해남의 바닷가에 두게 하였다. 1567년(선조 원년) 겨울에 미암이 홍문관 교리로 성묘를 하기 위해 고향으로 돌아갈 때 비로소 담양에다 돌을 옮겨두었으나 인력이 모자라서 깎아 세우지는 못하였다. 1571년(선조 4년) 봄에 미암이 마침 전라감사에 제수되었으므로 숙원을 이룰 수 있으리라 기대하여 마음이 부풀어 있었는데, 미암은 백성의 폐단을 없애는 데만 신경 쓰고 사적인 일은 돌보지 않으면서 나에게 편지하기를, '반드시 사비를 들여 이루도록 해야 하오.'라고 하였다. 이에 내가 나의 졸렬함을 잊고 이 글을 지었으니, 남편이 읽고 감동해서 도와주기를 바라는 한편, 또 후손들에게 남겨두고자 해서이다.

眉巖謫居鍾山 十有九年 嘉靖乙丑季冬 蒙上恩 丙寅春 量移于恩津 余亦陪還同寓 十生九死之餘 唯所望者 立碣石於先塋之側 而石之品好者 莫過於此縣之所産 卽招石工 給價以貿 載船以送 置海南之海上 隆慶元年丁卯冬 眉巖 以弘文校理 掃墳還鄕 始曳運于秋城 而人力單弱 未得斲立 辛未春 適除□此道監司 庶

幾得副宿願 中心慆慆 監司 長於除弊 不顧私事 而簡余曰 必須私備而後成 余忘其拙 而作此文 冀家翁感悟而扶助 又以貽夫後雲仍也

〈斲石文(착석문)〉

천지만물 가운데 오직 사람이 가장 귀한 것은 성현이 교화를 밝히고 삼강오륜의 도를 행하기 때문입니다. 그러나 예로부터 능히 이를 용감하게 행하는 자는 적었습니다. 이 때문에 진실로 뒤늦게나마 부모님께 효도하고 싶은 지극한 마음은 있지만, 힘이 부족해서 소원을 이루지 못하는 사람이 있으면 仁人 君子가 불쌍히 여겨 유념하여 구해주고자 하였습니다. 제가 비록 명민하지 못하지만 어찌 강령을 모르겠습니까? 그래서 어버이께 효도하려는 마음을 옛사람을 쫓아 따르고자 하는 것입니다. 당신은 이제 2품의 관직에 올라 三代가 추증을 받고, 저 또한 古禮에 따라 정부인이 되어 조상 신령과 온 친족이 모두 기쁨을 얻었으니, 이는 반드시 선대에 선을 쌓고 덕을 베푼 보답일 것입니다. 그러나 제가 홀로 잠 못 이루고 가슴을 치며 상심을 하는 것은 옛날 돌아가신 우리 아버지께서 항상 자식들에게 말씀하시기를, '내가 죽은 뒤에 반드시 정성을 다해서 내 묘 곁에 비석을 세우도록 하라.'고 하셨는데, 그 말씀이 지금도 귀에 쟁쟁하게 남아 있기 때문입니다. 그런데도 지금까지 우리 아버지의 소원을 이루어 드리지 못하였으니 매양 이것을 생각하면 눈물이 쏟아집니다. 이는 족히 仁人 君子의 마음을 움직일만한 일입니다. 당신은 仁人 君子의 마음을 갖고 있고 물에 빠진 사람을 구해줄 힘을 갖고 있으면서도 저한테 편지하기를, '형제끼리 사비로 하면 그 밖의 일은 내가 도와주겠다.'고 하니, 이는 무슨 마음입니까? 당신의 청렴한 덕에 누가 될까봐 그런 것입니까? 처의 부모라고 차등을 두어서 그런 것입니까? 아니면 우연히 살피지 못하여 그런 것입니까? 또 우리 아버지께서 당신이 장가오던 날 琴瑟百年이란 구절을 보고 어진 사위를 얻었다고 몹시 좋아하셨던 것을 당신도 반드시 기억하고 있을 것입니다. 하물며 당신은 저의 知音으로서 금슬 좋게 백년해로 하자면서 불과 4~5섬의 쌀이면 될 일을 가지고 이렇게까지 귀찮아하니 통분해서 죽고만 싶습니다. 경서에 이르기를, '허물을 보면 그 仁을 알 수 있다.'고 하였지만, 남들이 들어도 반드시 이 정도를 가지고 허물로 여기지 않을 것입니다. 당신은 先儒들의 밝은 가르침에 따라 비록 아주 작은 일일지라도 지극히 선하고 아름답게 하여 완벽하게 중도에 맞게 하려고 하면서 이제 어찌 꽉 막히고 통하지 않기를 於陵仲子처럼 하려고 하십니까? 옛날 范仲淹은 보리 실은 배를 賻儀로 주어 상을 당한 친구의 어려움을 구해주었으니 大人의 처사가 어떠하였습니까? 형제끼리 사비를 들여 하라는 말은 크게 불가합니다. 저의 형제는 혹은 과부로 근근이 지탱하고 있는 자도 있고, 혹은 곤궁해서 끼니를 해결하지 못하는 자도 있으니 비용을 거둘 수 없을 뿐만 아니라 반드시 원한만 사게 될 것입니다. 『예기』에 이르기를, '집안의 있고 없는 형편에 맞추어 하라.' 하였으니 어떻게 그들을 나무랄 수 있겠습니까? 만약 친정에서 마련할 힘이 있었다면 저의 성심으로 이미 해버렸을 것입니다. 어찌 꼭 당신에게 구차스럽게 청을 하겠습니까? 또 당신이 종성의 만 리 밖에 있을 때, 우리 아버지가 돌아가셨다는 말을 듣고 오직 素食만 했을 뿐이요, 3년 동안 한 번도 제사를 지내지 않았으니 前日 장가왔을 때 그토록 간곡하게 사위를 대접해주던 뜻에 보답했다고 할 수 있겠습니까? 이제 만약 귀찮은 것을 참고 비석 세우는 일을 억지로라도 도와준다면 九泉에 계신 先人이 감격하여 결초보은하려고 할 것입니다. 저도 당신에게 박하게 대하면서 후하게 대해 주기를 바라는 것은 아닙니다. 시어머님이 돌아가셨을 때 온갖 정성과 있는 힘을 다해 장례를 禮에 따라 치루고 제사도 禮에 따라 지냈으니, 저는 남의 며느리로서 도리에 부끄러운 것이 없습니다. 당신은 어찌 이런 뜻을 생각하지 않으십니까? 당신이 만약 제 평생의 소원을 이루지 못하게 한다면 저는 비록 죽더라도 지하에서 눈을 감을 수 없을 것입니다. 이 모두 지성에서 느끼어 나온 말이니 글자마다 자세히 살피시기 바랍니다.

天地萬物之類 惟人最貴者 立聖賢明教化 行三綱五倫之道也 然自千千萬萬古而來 能勇而行之者蓋寡 是故人苟有追孝父母至誠之心 而力不足以遂願者 則仁人君子 莫不惕然留念而欲救之 妾雖不敏 豈不知綱領乎 孝親之心 追古人而從之 君今守二品之職 追贈三代 余亦從古禮而得叅 先靈九族 咸得其歡 此必先世積善陰功之報也 然吾獨耿耿不寐 拊心傷懷者 昔我先君 常語子等曰 吾百歲之後 須盡誠立石於墓側之言 洋洋在耳 迨未得副吾親之願 每念及此 哀淚滿眶 此足以致仁人君子動心處也 君抱仁人君子之心 操救窘拯溺之力 而簡余曰 私備於同腹 而吾當以佐其外云 此獨何心 得非惡累清德而然耶 等差妻父母而然耶 偶然不察而然耶 且家君 自君東來之三日 見琴瑟百年之句 自以爲得賢壻 而失喜 欲狂 君必記憶 況君我之知音 自比蚷蛩而偕老 不過費四五斛之米 工可訖功 而厭煩至此 痛憤欲死 經曰 觀過知仁 聞者必不以此爲過也 公遵前修之明教 雖至微之事 盡善盡美 求合於中道 今何固滯不通 如於陵仲子耶 昔范文正公 以麥舟 救友人之窘 大人之處事何如耶 私備同腹之意 有大不可者焉 或有寡婦僅能支保者 或有窮不能自存者 非但不能收備 必起怨悶之心 禮云 稱家之有無 何足誅哉 若私家可辦之力 則以余之誠心 業已爲之久矣 豈必苟請於君耶 且君在鍾山萬里之外 聞吾親之歿 惟素食而已 三年之內 一未祭奠 可謂報前日款接東床之意耶 今若掃厭煩 而勉救斲石之役 則九泉之下 先人哀感 欲結草而爲報矣

我亦非薄施而厚望於君也 姑氏之喪 盡心竭力 葬以禮祭以禮 余無愧於爲人婦之道 君其肯不念此意耶 君若使我 不遂此平生之願 則我雖死矣 必不瞑目於地下也 此皆至誠感發 字字詳察 幸甚幸甚

【참고문헌】

『德峯文集幷眉巖集』(필사본, 2卷 1冊).

『眉巖日記』(親筆本).

『眉巖日記草 1~5』(活印本, 조선총독부 조선사편수회, 1938).

『眉巖先生集』(목판본, 민족문화추진회 영인본).

『眉巖詩稿』(목판본, 3卷 1冊, 日本 天理大 所藏本).

『善山柳氏派譜』.

『洪州宋氏世譜』.

『海狂先生集 下』.

『德峯集』(국역본. 박호배 번역, 해촌학연구원, 2010).

『국역 덕봉집』(안동교・문희순・오석환 역, 조선대 고전연구원, 2012).

『다시 읽는 眉巖日記 1~5』(국역본. 이백순 번역, 담양군 문화레저관광과, 2004).

『국역 연려실기술』(민족문화추진회, 1977).

『金台俊全集 3』(朝鮮의 女流文學, 보고사, 1990).

『大東詩選』(吳世昌, 1978).

『東國女流漢詩集』(홍연재선생기념사업회, 1995).

『朝鮮朝女流詩文全集』(許米子, 태학사, 1988).

『한국여류한시선집』(김안서, 정음사, 1973).

『한국의 女流漢詩』(金智勇 譯, 여강, 1991).

『韓國女流漢詩選』(曺斗鉉 역편, 태학당, 1994).

『韓國漢詩 第3卷』(金達鎭 譯解, 民音社, 1989).
허 균, 『성소부부고』 권 24.
『許蘭雪軒詩集』(한국문집총간 제 67집).

김선경, 「공부와 경계 확장의 욕망-16세기 여성 이숙희 이야기」, 『역사연구』 제17집, 역사학연구소, 2007.
김성남, 『허난설헌 시 연구』, 소명출판, 2002.
문희순, 「16세기 여성지식인 덕봉 송종개 문학의 특징과 의의」, 『역사학연구』 제44집, 호남사학회, 2011.
박세영, 「조선중기 여성상에 대한 고찰-신사임당과 허난설헌을 중심으로-」, 건국대 교육대학원 석사학위논문, 2012.
박혜숙, 『허난설헌평전』, 건국대 출판부, 2004.
백승종, 「16세기 조선사회의 젠더 문제와 성리학-송덕봉이란 여성의 입장에서 살핌」, 『역사학보』 제197집, 역사학회, 2008.
송재용, 「여류문인 송덕봉의 생애와 문학」, 『국문학논집』 제15집, 단국대학교 국어국문학과, 1997.
송재용, 「송덕봉의 생애와 시세계」, 『퇴계학연구』 제17집, 단국대 퇴계학연구소, 2003.
송재용, 「미암일기 연구」, 단국대학교박사학위논문, 1996.
송재용, 『미암일기 연구』, 제이앤씨, 2008.
이성임, 「16세기 송덕봉의 삶과 성리학적 지향」, 『역사학연구』 제45집, 호남사학회, 2012.

이연순, 「부부간의 일상사 해결의 양상-유희춘과 송덕봉의 경우를 중심으로」, 『동양고전연구』 제46집, 동양고전학회, 2012.

이종범 외 5인, 『조선시대 홍주 송씨가의 학술과 생활』, 심미안, 2012.

장정룡, 『허난설헌 평전』, 새문사, 2007.

장 진, 「허난설헌론」, 『한국어문학연구』 12, 한국어문학연구회, 1980.

정창권, 「미암일기에 나타난 송덕봉의 일상생활과 창작활동」, 『어문학』 제78집, 한국어문학회, 2002.

정창권, 「16세기 여성시인 송덕봉 작품집」, 『여성문학연구』 제8집, 한국여성문학회, 2003.

최혜진, 「조선중기 사족의 아동에 대한 인식과 교육-유희춘의 미암일기를 중심으로」, 서울여대대학원 석사학위논문, 2008.

한성금, 「16세기 사족녀의 한시에 나타난 사유와 표현 양상-송덕봉과 허난설헌의 한시를 중심으로」, 『한국언어문학』 95집, 한국언어문학회, 2015.

허미자, 『허난설헌 연구』, 성신여대 출판부, 1984.

【미주】

1) 졸고, 「여류문인 송덕봉의 생애와 문학」, 『국문학논집』 제15집, 단국대학교 국어국문학과, 1997, 215~238쪽.
2) 정창권, 「미암일기에 나타난 송덕봉의 일상생활과 창작활동」, 『어문학』 제78집, 한국어문학회, 2002, 542~562쪽.
   백승종, 「16세기 조선사회의 젠더 문제와 성리학-송덕봉이란 여성의 입장에서 살핌」, 『역사학보』 제197집, 역사학회, 2008, 1~29쪽.
   문희순, 「16세기 여성지식인 덕봉 송종개 문학의 특징과 의의」, 『역사학연구』 제44집, 호남사학회, 2011, 165~198쪽.
   이연순, 「부부간의 일상사 해결의 양상-유희춘과 송덕봉의 경우를 중심으로」, 『동양고전연구』 제46집, 동양고전학회, 2012, 125~147쪽.
   이성임, 「16세기 송덕봉의 삶과 성리학적 지향」, 『역사학연구』 제45집, 호남사학회, 2012, 99~126쪽.
3) 主 Text는 『德峯文集幷眉巖集』(필사본, 2卷1冊), 『眉巖日記草 1~5』(活印本, 조선총독부 조선사편수회, 1938.), 『眉巖日記』(親筆本 및 異本 포함), 『眉巖先生集』(목판본, 민족문화추진회 영인본.) 등이다. 그런데 『德峯文集幷眉巖集』은 內表紙題이고, 外表紙題는 『德峯文集』이다. 그러나 송덕봉 작품보다는 유희춘의 작품이 훨씬(약 5배 정도) 더 많아 內表紙題를 따르는 것이 합당하다고 판단되어 이를 따른다.(이에 대해서는 졸저, 『미암일기 연구』, 제이앤씨, 2008, 84쪽을 참고할 것.) 그리고 『德峯集』(국역본. 박호배 번역, 해촌학연구원, 2010.)과 『다시 읽는 眉巖日記 1~5』(국역본. 이백순 번역, 담양군 문화레저관광과, 2004.)도 참고하였다. 국역본 『德峯集』은 미암 종손인 유회수 선생이 2011년에 제공한 것이고, 『다시 읽는 眉巖日記 1~5』는 2010년 8월 3일과 10일 필자가 담양문화원에서 유희춘과 송덕봉에 대하여 강연을 한 적이 있었다. 이때 담양문화원에서 보내준 것이다. 자료를 제공해준 분들께 거듭 감사드린다.
4) 송덕봉의 휘(諱)에 대해서는 문희순이 2011년 유희춘의 후손인 유근영씨가 제공한 자료(담양군 대덕면 장산리의 미암 사당에 모셔져 있는 神主

전면-顯先祖妣 贈貞敬夫人宋氏神主, 陷中-故貞夫人宋氏諱鍾介字成仲神主)를 소개하면서 처음으로 언급하였다.(문희순, 앞의 논문, 165쪽 재인용)

필자는 1994년과 1995년 담양군 대덕면 장산리에 있는 모현관(慕賢館)과 종가(宗家)를 답사한 적이 있다. 이때 친필 『미암일기』(보물 제260호)와 모현관 소장 자료들을 사진촬영하고, 담양향토문화연구회 이해섭 회장, 후손인 목포대 유언적 교수, 종가 관리인 유종하씨와 함께 사당에 갔으나 신주를 감히 손댈 수가 없어 이를 확인하지 못하였다. 여기서 중요한 것은 신주에 16세기 사대부가의 부인 이름이 기재되었다는 사실이다. 신주 함중에 여자(부인)의 이름이 있다는 것은 매우 중요하다. 이러한 사례는 송덕봉 경우를 제외하고는 거의 찾아볼 수 없다. 그리고 사진촬영을 허락해 준 유종하씨와 자료를 제공〔『德峯文集幷眉巖集』(필사본, 2卷 1冊) 등〕 해주고 도움을 준 이해섭 회장, 유언적 교수께 다시 한 번 감사드린다.

5) 『眉巖日記草』(朝鮮史編修會活印本)5, 324쪽. "是月二十四日 更思留住德峯下……(後略)"

『善山柳氏派譜』(光州: 南振石版印刷所, 1930) 참고. 현재 송덕봉에 관한 자료가 빈약한바, 남편 유희춘이 해배·복관되었던 1567년 10월 1일(이해 10월 12일 남편 유희춘이 해배·복관됨)이후를 제외하고는 그녀의 전기적(傳記的)인 측면을 구체적으로 조명할 수 없는 실정이다. 그러므로 『眉巖先生集』(民族文化推進會 影印本)·『眉巖日記』(親筆本 및 異本 포함)·족보 등을 토대로 송덕봉의 생애를 간략히 논급하겠다.

6) 『洪州宋氏世譜』(洪州宋氏族譜編纂委員會, 1976).

『眉巖日記』(親筆本), 〈1569년 9월 1일〉. "取舊先生案考之 則丈祖李公仁亨 弘治丙辰三月十四日 司諫院大司憲來…(中略)…丁巳六月十四日 陞右(承旨) 八月二十九日 嘉善全羅監司去"

※ 이후, 친필본(親筆本)은 年月日만 표기하겠다.

7) 같은 책, 같은 곳.

『善山柳氏派譜』.

〈1574년 8월 11일〉. "朝 鄰居朴參判啓賢君沃來訪…(中略)…吾妻與夫人同是辛巳生云"

〈1572년 12월 20일〉. "今日 乃夫人生辰"

8) 『眉巖先生集』 卷20, 〈諡狀〉, 540쪽. "公配宋氏 洪州著姓 司憲府監察駿之女 封貞敬夫人 資性明敏 涉獵書史 有女士風"

9) 〈1576년 2월 11일〉. "伏都先夫人所送爲男希春納采婚書 乃丙申年十月初六日所成者也…(中略)…希春少有文名 而婚事差也 至丙申年二十四 遊學于京 而先夫人 因南原柳氏邊四寸故安克詳妻柳氏之言 乃送婚書 是月望後 希春自京下來"

10) 〈1570년 12월 11일〉. "今夕 乃丙申入丈之日 重歡可記"

11) 『眉巖日記草』 5, 〈斲石文〉, 320쪽. "且家君 自君東來之三日 見琴瑟百年之句 自以爲得賢壻 而失喜 欲狂 君必記憶 况君我之知音 自比蚷蛩而偕老……(後略)"

한편, 송덕봉의 친정아버지는 사위 유희춘이 종성에서 유배생활을 할 때(1549년), 딸이 꾼 꿈을 해몽해주면서 사위가 후일 높이 현달할 것을 예언하였다.(『眉巖日記』, 〈1572년 12월 23일〉 참고.)

12) 『國朝文科榜目』, 〈中宗戊戌試〉.

13) 『善山柳氏派譜』.

14) 『眉巖先生集』 卷20, 〈諡狀〉, 531쪽. "三十八年二月 授弘文館修撰 四月兼司書 時崔夫人在家 公爲晨昏之奉 浩然有歸思 五月又乞暇 六月辭司書 中廟量其意 特命銓曹 授公茂長縣監以便養"

15) 〈1571년 10월 17일〉. "癸卯爲縣監 奉萱堂來亨專城之養 乙巳夏 以弘文館修撰 受有旨書狀"

『국역 연려실기술』 Ⅲ, 민족문화추진회, 1977, 116쪽.

16) 李中悅, 『乙巳傳聞錄』, 『국역 대동야승』 3, 민족문화추진회, 1982, 370~371쪽.

『明宗實錄』, 〈明宗 卽位年 8月 壬子條〉.

17) 『明宗實錄』, 〈明宗 卽位年 8月 癸丑條〉.

18) 『明宗實錄』, 〈明宗 2年 9月 丁卯條〉.

『국역 연려실기술』 Ⅲ, 〈명종조고사본말〉, 100쪽.

19) 『明宗實錄』, 〈明宗 2年 9月 壬午條〉.

20) 〈1572년 9월 17일〉. "夫人 夢見萱堂 蓋太夫人晩年 感此婦之孝誠 曾通簡

于北荒”

21) 〈1568년 5월 4일〉. “禺中 驪州牧使徐偉大而來訪…(中略)…余謫鍾山時 徐爲晉州牧使 惠及窮妻 至是相見 喜甚談話”

22) 『善山柳氏派譜』.

23) 〈1570년 6월 12일〉. “荊妻昔於慈堂之喪 四無顧念之人 君在萬里 號天慟悼而已 至誠禮葬 無愧於人 傍人或云 成墳祭禮 雖親子無以過 三年喪畢 又登萬里之路 間關涉險 孰不知之 吾向君如是至誠之事 此之謂難忘之事也”

24) 『眉巖日記草』 5, 321쪽.

25) 〈1573년 11월 18일〉. “晴 夫人自庚申年赴鍾城 受風腠理 冷汗如流 自辛未年七月 始服豨簽丸 服之二年風汗稍減 至第三年 今秋快差 自丁卯年 針灸臍下 而不灸臍上之後 脾胃痞滿不思飮食 尤不能啜羹 自今年九月望日始服平胃元 徑二十日 漸覺脾胃平而思食 此二病皆瘳於今年 何慶如之”

26) 〈1574년 6월 24일〉. “夫人夢見家人以家貲 升置高樓之上 夫人解之 此公加資升遷之兆云”

27) 『明宗實錄』, 〈明宗 20年 12月 乙丑條〉.

28) 〈1567년 10월 14일〉. “吏曹下典 持十二日上敎云 柳希春·盧守愼·金鸞祥放送 職牒還給 經筵官差出”

〈1567년 10월 17일〉. “十二日政草亦來 金季應(鸞祥)及余 各入直講首望而受點”

29) 〈1568년 6월 28일〉. “潭陽鄕吏全億命 持細君書來 監司給稻二十石 宋參判通于長興趙君希文 得輸至綾城 綾城宰蘇邂 又輸至潭家 宋公又惠白米十斗 一家稍蘇云”

〈1570년 6월 29일〉. “歸舍 見潭陽全億命家人來 夫人書云…(中略)…士惕送全二石 合六石救窮云 南平宰李徵 送白米·中米各十斗 幷油清來 興陽送米一斛 又玉果端午送黃肉來……(後略)”

30) 〈1573년 1월 23일〉. “夫人自言 因北來卜馬變化 成置米穀斂散之事”

31) 〈1567년 11월 25일〉. “日未落 入大谷里 家屬懽迎 不可形容 或有喜泣者…(中略)…細君之喜何極”

32) 〈1567년 11월 28일〉. “細君以余有勞熱之證 深以速返京之行爲憂”

33) 〈1568년 4월 3일〉. "潭陽金蘭玉上來 見細君諺書 行廊十三間 已堅起 又造橫附三間 但恨無蓋瓦 將燔瓦 云 單褡ネ隻袂直領一來"

34) 〈1568년 4월 22일〉. "細君備送木綿甲方衣・甲捧地・單天益來 細君外勞於成造 內勞於裁衣 其苦甚矣"

35) 〈1568년 9월 8일〉. "禺中 爲迎內行詣漢江…(中略)…余乘船至東岸 細君之行已至…(中略)…細君入船帳中而坐 景濂・繼文父子及女子尹寬中皆至…(中略)…酉時入自南大門 至長通坊第"

36) 〈1569년 6월 20일〉. "夫人患風氣臂痛"
송덕봉이 담양에서 한양으로 올라올 때, 어떤 사람이 글을 쓴 종이를 가지고 왔는데 거기에 '巳年 巳年 조심'이라고 적혀 있었다고 한다.(〈1568년 9월 18일〉.)

37) 〈1569년 6월 23일〉. "女子爲夫人 欲請巫女 夫人不許曰 咽喉明病 豈關於巫祀 斷不可請 其明斷如此"

38) 〈1574년 1월 12일〉. "夜 搜尹墹祿牌不得 擧家汲汲 良久 及得於內房架蓋以夫人占解變艮爲山 在高處故也"

39) 〈1569년 9월 17일〉. "晴 夫人左股連日痛 因腫而頭痛 汗不出……(後略)"

40) 〈1569년 9월 2일〉. "與夫人六日相離 相見歡喜"

41) 〈1569년 9월 1일〉. "以母酒一盆 送于家 遺成仲詩曰"

42) 〈1569년 9월 1일〉.

43) 〈1569년 9월 2일〉.

44) 〈1575년 12월 1일〉. "夫人和我詩甚佳"
〈1574년 3월 19일〉. "夫人醉中吟詩 余次韻"

45) 〈1569년 8월 16일〉. "四更一點 上方祭太廟也…(中略)…夕 夫人率女還舍其言瞻望天顔 又觀輿衛儀容之盛 以爲平生奇觀 莫之能及"

46) 〈1569년 9월 28일〉. "朝飯後發行 行四十餘里 到水原沙斤乃院 水原支供…(中略)…納名于夫人"

47) 〈1569년 10월 21일〉. "祭畢 食後 宋君直夫妻及仲良後室・宋震 皆至 余請仲良後室安氏 以宋震母趙氏田沓 移買之沓給震 令耕食 安氏從之…(中略)…皆許之 可謂賢繼母矣 君直發怒多有怨言而徑出 諸內室亦不食而去 夫人深恨"

48) 〈1569년 12월 12일〉. "搜得夫人仲冬望日所出書 則氣候此在京時 差康寧 又宋君直夫妻 頗悔前日妄怒 宋震 受厥母移買之田沓 今則與我家和睦云"

49) 〈1569년 11월 6일〉. "晴 早朝 吳彦祥來謁 以辰時 撤舊舍"

50) 〈1569년 11월 18일〉. "右承旨李湛所草 始面書弘文館副提學柳希春開坼內面書今以爾爲弘文館副提學"

51) 註 23) 참조.

52) 〈1570년 6월 12일〉. "公爲數月獨宿之功 如我數事相肩 則孰輕孰重 願公永絶雜念 保氣延年 此吾日夜顒望者也 然意伏惟恕察宋氏白 夫人詞意俱好 不勝嘆伏"

53) 〈1570년 11월 25일〉. "朝飯後發行 巳時入大谷家 夫人相見 喜我來而恨我遲"

54) 〈1571년 7월 5일〉. "奉家書來 夫人書極陳潭陽石物不可緩忽之理"
『眉巖日記草』 5, 〈斲石文〉, 319~321쪽.

55) 〈1571년 11월 25일〉. "夫人簡云 十月二十六日 入新舍 海南・康津・珍島 皆送米"

56) 〈1572년 10월 28일〉. "夫人夕歸來 具言今午得觀綵棚輪棚諸戲及百官特衛乘輿龍亭之盛 怳然如到仙境 言不能形 平生奇觀 莫之能及云"

57) 〈1572년 11월 11일〉. "夫人喫御賜梨子 以爲平生見未曾之極品"

58) 〈1572년 12월 6일〉. "景濂自陵 備辦余生辰獻壽之物而來 當設於初四日而以余在殿內不得爲退行於今日 肴核甚豊 不覺變色 景濂・光雯・海福迭爲獻壽 余及夫人 飮酒懽然…(中略)…景濂又招鄰家歌婢二人 奏奚琴而歌 景濂・光雯 迭起舞…(中略)…蓋余遊官京洛 未嘗自爲生辰之酌 到今日 兒子爲之故也"

59) 〈1572년 10월 20일〉. "與夫人相賀同享太平之樂 和氣懽然 琴瑟之調 晩年尤甚"

60) 〈1573년 2월 3일〉. "潭陽全億命 自宣傳官行次先來…(中略)…酉時初入來天晴風恬 一行無恙 寬中拜我於堂下 女子繼入 吾夫婦慈天之喜可掬"

61) 〈1573년 8월 28일〉. "頃日 此舍主沈同知外孫女 曹胤申之産也 欲以今秋來入此舍 昨夕 吾夫妻方患 未得所遷 今朝 沈生報云 吾孫女俟明年秋 乃入

此舍 今年則不來 勿以遷動爲憂 一家大喜"

62) 〈1573년 2월 20일〉. "蓋此 時享 始追祭曾祖也 昧爽行祭 祭物豊潔 夫人內修之力居多"

63) 〈1574년 4월 4일〉. "夜 夫人力爭賓鴻 余欲以蓍決之"

64) 〈1571년 9월 19일〉. "夫人簡云 越女一笑三年留 君之辭歸豈易乎"

65) 〈1574년 5월 20일〉. "以夫人整埋書冊 觀橫題 而拔出欲閱之書 深喜深喜"

66) 〈1576년 4월 23일〉. "光先整積書冊 有頽落者 夫人親往敎之"

67) 〈1574년 3월 27일〉. "余飜譯類合下卷 多咨於夫人而改正"

68) 〈1576년 1월 11일〉. "夫人 昨夕語余曰 光延性聰敏有詞氣 可讀聚句及養蒙大訓・小學等書而今之讀新曾類合艱深之字 譬若頓兵堅城之下 盍姑緩之而令讀成文之書乎 余聞言而悟"

69) 〈1574년 9월 9일〉. "至申時歸舍 夫人以重陽佳節 設小酌 令竹梅・末叱德爲奚琴 景濂・寬中・邊潤 以次起舞 吾夫婦懽甚 恩遇母子 亦欣然 寬中倡爲小詩云 慶侍高堂上 秋風日照時 絃歌情興發 斯會百年期 景濂次韻 鶴髮俱堂上 斑衣舞此時 吾家無限樂 此外更何期 余次云 紫極承恩日 黃花泛酒時 一堂親五六 同樂太平期 夫人次云 昔日分南北 那知有次時 清秋佳節會 千里若相期"

70) 〈1576년 3월 24일〉. "金婦昏孱 守宅四五年 范然不能修理一物 但執禮不出入耳"

〈1575년 10월 28일〉. "金婦婉順 頗補昔日衣服遲晩之闕 夫人深愛之"

71) 〈1576년 2월 13일〉. "光先著新婚衣服 皆精麗允適"

72) 〈1575년 12월 29일〉. "吾家歲酒甚好 夫人所釀也"

73) 〈1575년 12월 27일〉. "夜與夫人 去包象戲"

남편 유희춘은 장기의 고수였다.

74) 〈1575년 12월 1일〉. "夫人和我詩甚佳"

75) 〈1575년 11월 8일〉. "去十月二十六日成貼都承旨書狀內 吏曹參判柳希春今在海南之本家 其家必窮 卿其食物題給事有旨"

76) 〈1575년 11월 16일〉. "夕燈下 與夫人議家計"

〈1575년 12월 2일〉. "夫人買綿田於龍山之妹"

〈1575년 12월 25일〉. "夫人以中米十二石 買東岸宋求禮沓三斗落只"

77) 〈1576년 2월 15일〉. "感歎夫人規畫大廳之妙"

78) 〈1576년 6월 2일〉. "豆樂 蓋瓦南牆 建闊柱以廣之 其高自平地 爲一男子長有半餘矣 牆內寬闊 可鋪木綿 茬子 而列醬甕矣 此夫人之計也"

79) 〈1573년 1월 27일〉. "夫人請敎竹梅歌唱 余聞而笑之 仍許之"
〈1573년 1월 28일〉. "晴 朝 竹梅學奚琴於典樂來 有將來可笑"

80) 〈1576년 2월 16일〉. "夫人以諺簡 問于閔忄業妻宋氏"

81) 〈1576년 3월 17일〉. "夫人終日爇艾炷而灸之 至百壯乃止"

82) 〈1576년 2월 16일〉. "夫人愛人好善 敬老慈幼 賙窮恤匱 誨人以善 婦人中絶無而僅有者也"

83) 『眉巖日記草』 5, 285쪽. "請余燃燭 余辭以有妾 啓賢曰 其妾縱有如無 令公好合無比宜勿辭余從之"

84) 졸고, 위의 논문, 51쪽.

85) 『眉巖日記草』 5, 〈1576년 11월 1일〉. "入大谷本家 奉神主……(後略)"

86) 『眉巖日記草』 5, 〈1577년 5월 7일〉. "今年春 臣以病不能赴召…(中略)…至於擢升正二品之階"

87) 『眉巖日記草』 5, 〈1577년 4월 21일〉. "朝 拜辭于祖考神主前 與夫人語別"

88) 『善山柳氏派譜』.

89) 『海狂先生集』下, 〈海狂公遺事〉. 그리고 宋濟民은 후일 이름의 가운데 字를 '齊'字로 고쳤다. 한편, 李文楗(1494~1567)의 『묵재일기』를 보면, 친손녀 李淑禧가 배움을 청하자 언문・천자문・열녀행실도・소학 등을 가르쳤다고 한다.(김선경, 「공부와 경계 확장의 욕망-16세기 여성 이숙희 이야기」, 『역사연구』 제17집, 역사학연구소, 2007, 39~46쪽 재인용.)

90) 송제민의 딸인 권필의 부인 송씨도 한시에 조예가 있었다. 홍주 송문의 여자들은 한시에 능했던 것으로 보인다. 이는 선산 유문의 여자들도 마찬가지였다.(졸고, 「송덕봉의 생애와 시세계」, 『퇴계학연구』 제17집, 단국대 퇴계학연구소, 2003, 33쪽.)

91) 〈1571년 5월 13일〉. "夫人書來 端午與吳姊光雯及惟秀彥祥 遊于新舍 賦小詩"

92) 송덕봉은 시어머니 삼년상을 마치고 종성으로 가는 도중 찬바람을 많이

맞아 병이 생겨 이후 10여 년 동안 風汗으로 고생한다.(〈1573년 11월 18일〉. "晴 夫人自庚申年赴鍾城 受風腠理 冷汗如流 自辛未年七月 始服豨薟丸 服之二年風汗稍減 至第三年 今秋快差 自丁卯年 針灸臍下 而不灸臍上之後 脾胃痞滿不思飮食 尤不能啜羹 自今年九月望日 始服平胃元 徑二十日 漸覺脾胃平而思食 此二病皆瘳於今年 何慶如之")

93)『眉巖先生集』卷20, 〈諡狀〉, 540쪽. "公配宋氏 洪州著姓 司憲府監察駿之女 封貞敬夫人 資性明敏 涉獵書史 有女士風"

94) 〈1574년 5월 20일〉. "以夫人整理書冊 觀橫題 而拔出欲閱之書 深喜深喜" ; 〈1574년 3월 27일〉. "余飜譯類合下卷 多咨於夫人而改正"

95) 〈1576년 1월 11일〉. "夫人 昨夕語余曰 光延性聰敏有詞氣 可讀聚句及養蒙大訓・小學等書而今之讀新曾類合艱深之字 譬若頓兵堅城之下 盍姑緩之而令讀成文之書乎 余聞言而悟"

96)『미암일기초』5, 〈1576년 11월 11일〉. "希春述先戒 作詩一句云 夫人謂余曰 詩之法 不宜直說若行文 然只堂起登山渡海 而說仕宦於其終可也 余則矍然從之 遂作詩云云"

97)『미암일기초』5, 322~323쪽. "〈次韻〉. ……(前略)京落風光雖最好 不如歸舍饌前榮 舍改作去 從夫人指也"

98) 〈1571년 4월 11일〉. "海南人來 貞夫人書云 景濂之來 得見貞夫人牒圖書宋震所寫夫人詩深以爲喜 尤以詩傳不朽 爲悲喜云"

99) 송덕봉은 편지를 쓸 때 한문보다는 주로 국문을 사용하였다.(〈1576년 2월 16일〉. "夫人以諺簡 問于閔忄業妻宋氏")

100) 송덕봉은 여자 종에게 歌唱을 가르치고 해금을 배우게 하였다.(〈1573년 1월 27일〉. "夫人請敎竹梅歌唱 余聞而笑之 仍許之" ; 〈1573년 1월 28일〉. "晴 朝 竹梅學奚琴於典樂來 有將來可笑") 뿐만 아니라 송덕봉은 장기도 잘 두었고, 술도 잘 빚었으며, 의복도 잘 만들었고, 미적 감각도 뛰어난 팔방미인이었다.(졸고, 앞의 논문, 「여류문인 송덕봉의 생애와 문학」, 216~228쪽 참고.)

101) 〈1571년 3월 30일〉. "宋震 持所寫貞夫人詩 三十八首于貼冊來" ; 〈1576년 3월 10일〉. "未時 南平人 自海南載京來冊籠二箇來 語草德峯集皆來 見之喜甚" 등의 기록이 있다. 송덕봉이 別世한 해는 1578년으로, 1571년 이후

에도 지은 시들이 있고, 또 〈1571년 8월 10일〉 記事에 "追憶夫人甲辰年吾許軒之句"가 있는데, 갑진년은 1544년이다. 그러니까 현전하는 시 가운데 창작연도가 가장 빠른 시는 1545년에 지은 〈偶吟〉인데, 이 이전에 지은 시도 있었다. 그러므로 그녀가 평생 동안 지은 시는 이보다(1571년 38수) 훨씬 많은 것으로 추산된다. 그리고 후손(善山 柳氏·洪州 宋氏)들에 의하면, 송덕봉의 詩文集이 후대까지 한동안 전해져 내려왔다고 한다.(〈1576년 2월 10일〉. "蓋語草及德峯集 皆來於其中" ; 『善山柳氏派譜』·『洪州宋氏世譜』 참고.) 한편, 필자가 2년 전 후손(선산 유씨와 홍주 송씨) 2~3명에게 들은 바에 의하면, 현재 전해지고 있는 『德峯文集幷眉巖集』(필사본, 2卷1冊) 보다 더 많은 시가 실려 있는 『덕봉집』이 있다고 한다. 이 얘기를 듣고 여러 차례 수소문하였으나 확인할 수 없었다. 심지어 홍주 송문에서 공개를 꺼리고 있다는 얘기도 들은 적이 있다. 이는 虛言일 가능성이 크다. 혹 있다면 공개되기를 바라지만, 필자가 보기에는 현전하는 『德峯文集幷眉巖集』을 말하는 듯하다.(이 책도 求得하여 열람하기가 쉽지 않다.) 그리고 산문은 3편이다.

102) 『德峯文集幷眉巖集』(필사본, 2卷1冊)의 필사연대는 張3(3쪽)을 보면, "眉巖以正德八年十二月於四日子時生海南縣…(중략)…萬曆五年丁丑歿享年六十有五 自萬曆五年丁丑至崇禎九十一年甲辰 合以計之則一百四十一年"이라 기록되어 있다. 여기서 만력 5년 정축년은 유희춘이 별세한 1577년이다. 그리고 숭정 91년은 무술년으로 1718년이다. 한편, 유희춘이 별세한 1577년에다 141년을 더하면 1718년이 된다. 그런데 위의 '崇禎九十一年甲辰'의 갑진년은 1724년(숭정 97년이어야 됨)이다. 필사자가 착오로 간지를 잘못 썼거나 아니면 계산을 잘못한 것 같다. 어쨌든 필사연대는 1718년, 또는 1724년으로 보이는데, 1718년으로 보는 것이 좋을 듯하다.

103) 『眉巖日記』·『眉巖詩稿』·『德峯文集幷眉巖集』에 대한 서지사항은 졸고(「미암일기 연구」, 단국대학교박사학위논문, 1996, 64~86쪽.)를 참고할 것. 필자는 1997년 논문(「여류문인 송덕봉의 생애와 문학」, 229쪽.)에서 현전하는 송덕봉의 시는 30수 이내로, 28수로 추산된다고 하였다. 이 당시 필자가 좀 더 꼼꼼하고 정밀하게 살펴봤어야 하는데 그러지 못했던 것 같다. 아무튼 현전하는 송덕봉의 한시는 정창권(「16세기 여성시인 송덕봉

작품집」,『여성문학연구』 제8집, 한국여성문학회, 2003, 277~302쪽.)과 문희순(앞의 논문, 172~175쪽.)에 의해 어느 정도 분명해졌다. 정창권은 24수, 문희순은 25수라고 하였다. 그런데 이들이 송덕봉의 시라고 한 작품 중에는 남편 유희춘의 시가 있다. 정창권의 경우, 〈見成仲規畫大廳〉("營度規模誰是奇……")를 송덕봉作이라고 하였는데, 이는 유희춘作이다. 문희순의 경우,『眉巖日記草 5』·『德峯文集幷眉巖集』에 수록된 〈端午與吳姊會新舍〉("地曠靑山遠……")과 〈仲冬念一日詠雪〉("今年寒氣古來遲……)"를 송덕봉作으로 보았는데, 유희춘作인 듯하다.(정창권도 유희춘作으로 보았음. 위의 논문, 290~291쪽.)『미암일기』〈1571년 5월 11일〉 기사를 보면, 송덕봉이 七言絶句 〈端午與吳姊會新舍〉("天公爲送三山壽……")를 지었다는 기록만 있다. 유희춘이 당일 전해들은 것을 기록한 것이다. 그런데『미암선생집』(권2, 171쪽.)을 보면, 五言絶句 〈端午與吳姊會新舍〉("地曠靑山遠……")만 수록되어 있다. 이때 유희춘은 전라감사로 실록 봉안사 朴淳을 맞이하기 위해 전주로 이동 중이었다. 5월 5일은 태인에서 李恒을 만났고, 5월 11일은 박순을 수행하였다. 그리고 송덕봉이 지은 것이 확실시되는 七言絶句 〈端午與吳姊會新舍〉에도 '吳姊'가 있다.(문희순은 미암선생집 권2에 실려 있는 五言絶句 〈端午與吳姊會新舍〉의 '吳姊'를 착오로 여겨 편집 시 유희춘의 시로 본 것 같다고 하면서 송덕봉의 시로 보았다. 위의 논문, 175쪽.) 필자가 보기에는 五言絶句 〈端午與吳姊會新舍〉("地曠靑山遠……")은 송덕봉의 시로 단정하기가 어려운 듯하다. 유희춘의 시로 보는 것이 나을 듯하다. 한편, 문희순은 〈贈親族宋震〉을 송덕봉作으로 소개하였다. 이 시는『眉巖日記』·『眉巖日記草』·『德峯文集幷眉巖集』·『眉巖先生集』 등에는 없고, 조두현 역편,『韓國女流漢詩選』(태학당, 1994, 235쪽.)에만 있다. 조두현이 어디서 보고 수록했는지 모르겠지만, 다소 의문이 가나 어쨌든 일단은 송덕봉作으로 보고자 한다. 그리고 정창권과 문희순의 시작품 수는 송덕봉의 미완성 시 3수(3수 중 2수는 2句, 1수는 1句〈聯句〉)까지 포함한 것이다. 그리고 앞으로 송덕봉의 새로운 시가 발굴된다고 하더라도 현전하는 송덕봉의 시는 30수를 넘지 않을 것으로 보인다.

104) 현전하는 작품이 적어 송덕봉의 문학세계를 고찰하는데 무리가 따르는 것도 사실이다. 그러나 한시의 경우, 이들 작품만으로도 그녀의 시세계를 대략 살펴볼 수 있다.

105) 송덕봉 시를 소개할 때 제1구만 제시하였다. 그러나 미완성 시의 경우는 모두(1구 또는 2구) 제시하였다.

106)『덕봉문집병미암집』.

107)『덕봉문집병미암집』.

108) 〈1569년 9月 2日〉. "與夫人六日相離 相見歡喜"

109) 〈1569년 9月 1日〉. "以母酒一盆送于家 遺成仲詩曰"

110) 〈1569년 9월 2일〉. "夫人和詩來云"

111) 〈1575년 12月 1日〉. "夫人和我詩甚佳" 두 사람의 부부금슬은 말년으로 갈수록 더욱 깊어져 갔다.(〈1572년 10월 20일〉. "與夫人相賀同享太平之樂 和氣懽然 琴瑟之調 晩年尤甚"

112)『덕봉문집병미암집』.

113)『덕봉문집병미암집』.

114)『덕봉문집병미암집』, 〈端午與吳姊會新舍〉. "鴛鴦和樂乃丹誠"(4구)

115) 두 사람의 부부금슬은 친구나 친지, 동료들도 모두 알고 있었다.(『미암일기초 5』, 285쪽. "請余燃燭 余辭以有妾 啓賢曰 其妾縱有如無 令公好合無比宜勿辭余從之")

116) 송덕봉의 시는 태반이 부부사랑을 읊고 있지만, 그런 가운데 애정 어린 원망과 불만・氣志와 대범함, 그리고 은근히 남편의 허를 찌르는 등 새롭게 평가될 작품들이 눈에 뜨인다.(졸고, 앞의 논문, 「여류문인 송덕봉의 생애와 문학」, 230~233쪽.)

117)『덕봉문집병미암집』.

118)『덕봉문집병미암집』.

119) 당시 상황이 심각했다.(〈1570년 8월 15일〉. "此處紅毒疫大發 芙蓉子嘉屎 昨昨化去 恩遇時方苦痛 一家憂慮")

120)『미암일기초 5』, 321쪽.

121)『덕봉문집병미암집』.

122) 〈1575년 12월 29일〉. "吾家歲酒甚好 夫人所釀也"

123)『덕봉문집병미암집』.

124)『덕봉문집병미암집』.

125) 한양에서 남편 뒷바라지를 하던 송덕봉은, 틈틈이 시간을 내어 민속놀이를 구경하기도 하였다.(〈1572년 10월 28일〉. "夫人夕歸來 具言今午得觀綵棚輪棚諸戱及百官特衛乘輿龍亭之盛 恍然如到仙境 言不能形 平生奇觀 莫之能及云")

126) 『眉巖日記草』 5, 325쪽.

127) 박미해, 「유교적 젠더 정체성의 다층적 구조-미암일기, 묵재일기, 쇄미록, 병자일기를 중심으로」, 『사회와 역사』 통권 79호, 한국사회사학회, 2008, 197~229쪽. ; 백승종, 「16세기 조선사회의 젠더 문제와 성리학-송덕봉이란 여성의 입장에서 살핌」, 『역사학보』 제197집, 역사학회, 2008, 1~29쪽. '젠더'라는 용어는 1995년 9월 5일 북경 제4차 여성대회 GO(정부기구)회의에서 남녀 차별적이고 생물학적인 의미의 성인 Sex 보다 남녀평등과 동등함, 그리고 사회적인 의미의 성인 Gender를 사용하기로 결정하였다. 그리고 '젠더'는 페미니스트들이 즐겨 쓰는 용어이기도 하다. 이들은 송덕봉의 3편의 산문을 통해 그녀를 진보적, 진취적 인물로 보는 것 같다.

128) 이성임, 앞의 논문, 99~126쪽.

129) 〈1569년 12월 23일〉. "夫人手書云 自十七日 感冒風寒 二十日粉石之往未得手書 今則稍歇 乃得手筆諺簡云"

130) 졸저, 앞의 책, 67쪽 참고.

131) 편지 끝부분에 보면, "文節公日記二十一卷 在於海南白明憲家 直孫 所當極力推尋 留置本家矣 此簡 謄書于海南白叔尙賓家 敬爲持久 □□□書□私集之末"이라고 하여 미암일기 21권은 해남 백명헌의 집에 있으니 직계손이 극력 추심해서 본가에 유치해야 하며, 이 편지는 해남의 白叔 상빈의 집에서 등사하여 삼가 오래 전하기 위하여 私集(미암일기)의 끝에 써두었다고 하였는바, 이 당시 친필본 미암일기의 분량과 소장처, 그리고 송덕봉의 편지가 어떻게 등사되었는지를 알 수 있다.(『미암일기초 5』, 327쪽.)

132) 『미암일기초 5』, 326~327쪽. 산문 3편의 원문은 지면관계상 생략함.

133) 〈1570년 6월 12일〉 기사를 보면, "夫人作長書 令光雯寫送 其辭曰"로 되어 있다. 그리고 『미암일기초 5』(326~327쪽)에 실려 있는 원문의 끝부분이 "宋氏"로 되어 있다. 〈1570년 6월 12일〉에는 "宋氏白"으로 되어 있다. 여기서는 "송씨백"으로 하는 것이 타당하기 때문에 이를 쓴다.

134) 제목 밑에 보면, "文節公 以玉堂金馬 從仕京洛 獨處四閱月 一切聲色不近 作書以誇獨處之苦 至以難報之恩矜之 夫人在潭陽本家 以此謝之"라 되어 있다.(『미암일기초 5』, 326쪽.)

135) 송덕봉이 1560년 시어머니 삼년상을 마치고 단신으로 남편의 유배지 종성으로 가던 중 마천령 위에서 지어 후일 인구에 회자되고 '得性情之情'으로 평가받았던 시 〈摩天嶺上吟〉의 4구 "三從義重一身輕(삼종 도리 무겁고 한 몸은 가볍구나.)"를 보면, 婦道를 실천하고 있음을 알 수 있다.

136) 〈1570년 6월 12일〉. "公爲數月獨宿之功 如我數事相肩 則孰輕孰重 願公永絶雜念 保氣延年 此吾日夜顒望者也 然意伏惟恕察 宋氏白 夫人詞意俱好 不勝嘆伏"

137) 『미암일기초 5』, 319쪽.

138) 『미암일기초 5』, 319~321쪽.

139) 『덕봉문집병미암집』, 〈次眉巖韻〉.

140) 문희순, 앞의 논문, 165~198쪽.

141) 이성임, 앞의 논문, 99~126쪽.

142) 〈1571년 3월 30일〉. "宋震 持所寫貞夫人詩 三十八首于貼冊來"; 〈1571년 4월 11일〉. "海南人來 貞夫人書云 景濂之來 得見貞夫人牒圖書 宋震所寫夫人詩 深以爲喜 尤以詩傳不朽 爲悲喜云"; 〈1576년 3월 10일〉. "未時 南平人 自海南載京來冊籠二箇來 語草德峯集皆來 見之喜甚"(정창권, 앞의 논문, 279쪽. ; 문희순, 앞의 논문, 91쪽 참고.)

143) 『海狂先生集』下, 〈海狂公遺事〉. 한편, 李文楗(1494~1567)의 『묵재일기』를 보면, 친손녀 李淑禧가 배움을 청하자 언문·천자문·열녀행실도·소학 등을 가르쳤다고 한다.(김선경, 「공부와 경계 확장의 욕망-16세기 여성 이숙희 이야기」, 『역사연구』 제17집, 역사학연구소, 2007, 39~46쪽 재인용.)

144) 졸고, 「송덕봉의 생애와 시세계」, 『퇴계학연구』 제17집, 단국대 퇴계학연구소, 2003, 33쪽.

145) 『미암일기』 〈1571년 5월 13일〉. "夫人書來 端午與吳姊光雯及惟秀彦祥遊于新舍 賦小詩"

146) 『眉巖先生集』 卷20, 〈諡狀〉, 540쪽. "公配宋氏 洪州著姓 司憲府監察駿之女 封貞敬夫人 資性明敏 涉獵書史 有女士風"

147) 〈1574년 5월 20일〉. "以夫人整理書冊 觀橫題 而拔出欲閱之書 深喜深喜";〈1574년 3월 27일〉. "余飜譯類合下卷 多咨於夫人而改正"

148) 〈1576년 1월 11일〉. "夫人 昨夕語余曰 光延性聰敏有詞氣 可讀聚句及養蒙大訓・小學等書而今之讀新曾類合艱深之字 譬若頓兵堅城之下 盍姑緩之而令讀成文之書乎 余聞言而悟"

149) 최혜진, 「조선중기 사족의 아동에 대한 인식과 교육-유희춘의 미암일기를 중심으로」, 서울여대대학원 석사학위논문, 2008, 23쪽.

150) 『眉巖先生集』卷4 庭訓 庭訓內篇 讀書解文第四, "凡幼學未得師者 若聞有文學行義者 不遠千里而從 ○ 凡兒童 先學字類 次學聯珠詩格 次讀少微通鑑 以發其文理 次讀庭訓內篇 以知先務 次讀詩書大文 以爲他日講經之本 次讀小學,續蒙求(先生所著書名) 以興起好學之心 乃其序也"; "余嘗謂讀書受用有六節 一曰 勤讀每日嚴立課程 少無怠闕 二曰 强記每月熟習舊聞 勿令遺忘 三曰 精思比較同異 理會有疑 四曰 明辨問難師友 依聖折衷五曰 善述不厭修改 詞理俱達 六曰 篤行體認覺悟 反躬踐履"

151) 〈1568년 5월 1일〉. "景濂云 長城徐翊誨繼文千字云"; 〈1568년 9월 20일〉. "得類合於洪修撰 得沙板於郭守漢 給繼文"

152) 『中宗實錄』 卷27 中宗 12年 4月 戊午. "원자가 초열흘날 입알하고 대비전에 머물다가 이날 河城尉 집에 있으려고 도로 나가는데 기질이 침중하여 경솔하게 말을 하지 않고 『千字文』과 『類合』을 모두 환하게 익혔었다. 임금이 책을 들고 묻자 따라 외되 한 자도 틀리지 않으니, 임금이 가상히 여겨 감탄하기를 마지않았고, 이어 乳媼에게 후한 상을 주었다"

153) 〈1570년 6월 1일〉. "光雯書云 光雯於五月望前 來自長城 受讀童蒙先習云"; 〈1570년 6월 12일〉. "潭陽鄕吏義當 奉家書來家門無恙 而繼文來自長城 受業于光雯"

154) 〈1574년 3월 6일〉. "孫男光先書來云 跪受手書 兼及筆墨 不勝喜仰 孫侍母 正月十六日 自長城歸潭陽家 已畢詩傳 始讀書傳 至於二卷 而日孜孜讀之不輟耳 但布其文敎之事 欲行伏計 拙句二首仰呈 伏惟下鑑"

155) 〈1576년 2월 3일〉. "光先受通鑑韓信傳 李邦柱之子得梁 來同聽"; 〈1576년 3월 19일〉. "誨光先通鑑漢高帝下紀"; 〈1576년 3월 21일〉. "李應梁來與光先同受通鑑"

156) 〈1571년 4월 1일〉. "今朝 搜出李應福所書類合 以授之 興文拜受 余敎以一二三四等字"

157) 태어나면서부터 이미 1살인 우리나라와 다르게 중국에서는 나이를 태어난 순간부터 계산하기 때문에 『소학』의 「입교」에서 6세라고 한 것은 우리나라의 7세를 의미하는 것이다.

158) 최혜진, 앞의 논문, 35~37쪽.

159) 〈1575년 12월 29일〉. "光延 懶書善避 夫人怒而撻之 興文(光延)卽悛 "

160) 〈1576년 1월 11일〉. "夫人 昨夕語余曰 光延 性聰敏有詞氣 可讀聚句及養蒙大訓小學等書 而今之讀新增類合艱…深之字 譬若頓兵堅城之下 盍姑緩之而令讀成文之書乎 余聞言而悟"

161) 이연순, 「16세기 부부간의 일상사 해결의 양상-유희춘과 송덕봉의 경우를 중심으로」, 『동양고전연구』 제 46집, 동양고전학회, 2012, 141~142쪽.

162) 각주 4) 참조.

163) 『眉巖日記草』(朝鮮史編修會活印本)5, 324쪽. "是月二十四日 更思留住德峯下……(後略)"

『善山柳氏派譜』(光州: 南振石版印刷所, 1930) 참고. 현재 송덕봉에 관한 자료가 매우 빈약하여 남편 유희춘이 해배・복관되었던 1567년 10월 1일(이해 10월 12일 남편 유희춘이 해배・복관됨) 이후를 제외하고는 그녀의 생애를 구체적으로 고찰할 수 없다. 그러므로 『眉巖先生集』(民族文化推進會 影印本)・『眉巖日記』(親筆本 및 異本 포함)・족보 등을 토대로 송덕봉의 생애를 간략히 언급하겠다.

164) 같은 책, 같은 곳.

『善山柳氏派譜』.

〈1574년 8월 11일〉. "朝 鄰居朴參判啓賢君沃來訪…(中略)…吾妻與夫人同是辛巳生云"

〈1572년 12월 20일〉. "今日 乃夫人生辰"

165) 『眉巖先生集』 卷20, 〈諡狀〉, 540쪽. "公配宋氏 洪州著姓 司憲府監察駿之女 封貞敬夫人 資性明敏 涉獵書史 有女士風"

166) 〈1576년 2월 11일〉. "伏都先夫人所送爲男希春納采婚書 乃丙申年十月初六日所成者也…(中略)…希春少有文名 而婚事差也 至丙申年二十四 遊學

于京 而先夫人 因南原柳氏邊四寸故安克詳妻柳氏之言 乃送婚書 是月望後 希春自京下來"

167) 〈1570년 12월 11일〉. "今夕 乃丙申入丈之日 重歡可記"

168) 『眉巖日記草』 5, 〈斲石文〉, 320쪽. "且家君 自君東來之三日 見琴瑟百年之句 自以爲得賢壻 而失喜 欲狂 君必記憶 況君我之知音 自比蚷蛩而偕老……(後略)"

한편, 송덕봉의 친정아버지는 사위 유희춘이 종성에서 유배생활을 할 때(1549년), 딸이 꾼 꿈을 해몽해주면서 사위가 후일 높이 현달할 것을 예언하였다.(『眉巖日記』, 〈1572년 12월 23일〉 참고.)

169) 『國朝文科榜目』, 〈中宗戊戌試〉.

170) 『善山柳氏派譜』.

171) 『明宗實錄』, 〈明宗 2年 9月 丁卯條〉.

『국역 연려실기술』 Ⅲ, 〈명종조고사본말〉, 100쪽.

172) 『明宗實錄』, 〈明宗 2年 9月 壬午條〉.

173) 〈1572년 9월 17일〉. "夫人 夢見萱堂 蓋太夫人晩年 感此婦之孝誠 曾通簡于北荒"

174) 『善山柳氏派譜』.

175) 〈1570년 6월 12일〉. "荊妻昔於慈堂之喪 四無顧念之人 君在萬里 號天慟悼而已 至誠禮葬 無愧於人 傍人或云 成墳祭禮 雖親子無以過 三年喪畢 又登萬里之路 間關涉險 孰不知之 吾向君如是至誠之事 此之謂難忘之事也"

176) 『眉巖日記草』 5, 321쪽.

177) 〈1573년 11월 18일〉. "晴 夫人自庚申年赴鍾城 受風腠理 冷汗如流 自辛未年七月 始服豨簽丸 服之二年風汗稍減 至第三年 今秋快差 自丁卯年 針灸臍下 而不灸臍上之後 脾胃痞滿不思飮食 尤不能啜羹 自今年九月望日 始服平胃元 徑二十日 漸覺脾胃平而思食 此二病皆瘳於今年 何慶如之"

178) 『眉巖日記草』 5, 〈1577년 5월 7일〉. "今年春 臣以病不能赴召…(中略)…至於擢升正二品之階"

179) 『眉巖日記草』 5, 〈1577년 4월 21일〉. "朝 拜辭于祖考神主前 與夫人語別"

180) 『善山柳氏派譜』.

181) 『덕봉문집병미암집』.

182) 『덕봉문집병미암집』.

183) 『덕봉문집병미암집』, 〈端午與吳姊會新舍〉. "鴛鴦和樂乃丹誠"(4구)

184) 두 사람의 부부금슬은 친구나 친지, 동료들도 모두 알고 있었다.(『미암일기초 5』, 285쪽. "請余燃燭 余辭以有妾 啓賢曰 其妾縱有如無 令公好合無比宜勿辭余從之")

185) 『덕봉문집병미암집』.

186) 『덕봉문집병미암집』.

187) 당시 상황이 심각했다.(〈1570년 8월 15일〉. "此處紅毒疫大發 芙蓉子嘉屎 昨昨化去 恩遇時方苦痛 一家憂慮")

188) 박세영, 「조선중기 여성상에 대한 고찰-신사임당과 허난설헌을 중심으로-」, 건국대 교육대학원 석사학위논문, 2012, 8, 21~24쪽.
한성금, 「16세기 사족녀의 한시에 나타난 사유와 표현 양상-송덕봉과 허난설헌의 한시를 중심으로」, 『한국언어문학』95집, 한국언어문학회, 2015 참조.
허균, 『성소부부고』 권 24.
장진, 「허난설헌론」, 『한국어문학연구』 12, 한국어문학연구회, 1980 참조.
허미자, 『허난설헌 연구』, 성신여대 출판부, 1984 참조.
김성남, 『허난설헌 시 연구』, 소명출판, 2002 참조.
박혜숙, 『허난설헌평전』, 건국대 출판부, 2004 참조.
장정룡, 『허난설헌 평전』, 새문사, 2007 참조.

189) 『허난설헌시집(許蘭雪軒詩集)』(한국문집총간 제 67집).

190) 『허난설헌시집(許蘭雪軒詩集)』(한국문집총간 제 67집).

191) 『허난설헌시집(許蘭雪軒詩集)』(한국문집총간 제 67집).

192) 필자는 1997년 송덕봉을 학계에 처음으로 소개한바 있다.

193) 『眉巖日記草』 5, 321쪽.

194) 『德峯文集幷眉巖集』.

195) 『德峯文集幷眉巖集』.

196) 『德峯文集幷眉巖集』.

197) 『德峯文集幷眉巖集』.

198) 『德峯文集幷眉巖集』.

199) 『德峯文集幷眉巖集』.

200) 〈1570년 4월 26일〉.

201) 〈1572년 11월 11일〉.

202) 『德峯文集幷眉巖集』.

203) 『德峯文集幷眉巖集』.

204) 『德峯文集幷眉巖集』.

205) 『眉巖日記草』 5, 321쪽.

206) 『德峯文集幷眉巖集』.

207) 『德峯文集幷眉巖集』.

208) 『德峯文集幷眉巖集』.

209) 『德峯文集幷眉巖集』.

210) 『德峯文集幷眉巖集』.

211) 『眉巖日記草』 5, 321쪽.

212) 『德峯文集幷眉巖集』.

213) 『德峯文集幷眉巖集』.

214) 『德峯文集幷眉巖集』.

저자 송재용(宋宰鏞)

대전 출생
단국대학교 문리과대학 국어국문학과 및 동 대학원 졸업(문학박사)
동아시아고대학회 회장, 단국대학교 교수협의회 회장, 단국대학교 동아시아 전통문화연구소 소장, 단국대학교 교양교육대학 학장 역임
현재 단국대학교 자유교양대학 교수

주요 저서 : 『한국 의례의 연구』(2007년 문화관광부 우수학술도서), 『미암일기 연구』(2008년 문화체육관광부 우수학술도서), 『개화기에서 일제강점기까지 한국 민속 연구』(2017년), 『삼국유사의 문학적 탐구』(공저, 2009년 문화체육관광부 우수학술도서), 『한국 민속 문화의 근대적 변용』(공저, 2010년 학술원 우수학술도서), 『일생의례로 보는 근대 한국인의 삶』(공저, 2014년 세종우수학술도서), 『구한말 최초의 순국열사 이한응』(2007년), 『조선의 설화와 전설』(공역, 2007), 『조선시대 선비이야기 - 미암일기를 통해 과거와 현재를 보다』(2008년) 등 단독 저서 12권, 공저 다수
주요 논문 : 「한국 일기문학론 시고」, 「한중일 의례에 나타난 공통성과 다양성」, 「여류문인 송덕봉의 생애와 문학」, 「한시 분류와 해석을 위한 시각의 재정립」 등 80여 편

16세기 여성문인 송덕봉

초판인쇄 2022년 05월 06일 | 초판발행 2022년 05월 16일

지은이 송재용
발행인 윤석현 | 발행처 도서출판 박문사 | 등록번호 제2009-11호
우편주소 (01370) 서울시 도봉구 우이천로 353
대표전화 (02) 992-3253 | 전송 (02) 991-1285
전자우편 jncbook@daum.net
책임편집 김민경, 윤여남

ISBN 979-11-92365-03-9 (03810) 정가 10,000원